ちくま文庫

思い立ったら隠居

週休5日の快適生活

大原扁理

筑摩書房

文庫版まえがき

こんにちは。大原扁理と申します。

世に本は数多あるにもかかわらず、よりによってこれを手に取っていただいたなんて、ほんとうにありがとうございます。どんな奇特な方でいらっしゃるのでしょうか。

もしかして、昨今のやる気系キラキラ自己啓発本に嫌気がさしてますか？

どんなヤツが隠居してるのか、気になって？

それとも、なんかもう何もかもイヤで隠居したい？

私はいま、acerのノートパソコンのスクリーンの前でこれを書きながら、あなたを想像することしかできないのですが、どうぞ安心してください。

この本は、キラキラ自己啓発本とは対極に位置する、しわしわ自己完結本なのです！

ですから、こんな方におすすめです。

・新しい自分に出会いたくない
・限界を突破したくない
・めんどくさいから何も誰も引き寄せたくない
・むしろ友達100人減らしたい
・わざわざぜいたくする意味がわからない
・夢も目標もとくにないけど、それの何が悪いのか
・ライフをハックしたくない（意味はよく知らないが、検索するのもイヤ）
・こないだラジオのスペシャルウィークの賞金コーナーで、「1万円当たったら何に使いたいかメールしてくださいね！」というので、「1万円当たったら、その月のバイトを1万円分減らして何もしません」と書いて送ったけど当たらなかった
・でもべつにしあわせだと思う

というわけで、読んだからといって、「私の年収低すぎ……」とか、「世の中につい

ていかなくては……」とか、「生きてる意味を見つけなくては……」とか、そうしたプレッシャーを与える要素はひとつもありません。

かといって、現代人が進むべき道をわかりやすく提案もしないので、どちらかというと不親切な本です。むしろ、「なんでこんなに働かなきゃいけないんだっけ？」と、迷子になる可能性が……。

でも、このコスパ重視&成果主義の世の中に、こんな役に立たない不経済な本が書店に並んだら、と想像するだけでちょっと愉快ですからね。

それではこれより、約２６０ページを費やして、しわしわと自己完結していきたいと思います。

能書き

私は東京郊外の小さなアパートで地味にひっそりと隠居暮らしをしています。

隠居と聞いて、みなさんはどんな生活を想像されますか。

「定年退職して悠々自適の年金暮らし。趣味に余生を費やし、退職金でたまに夫婦で海外旅行」といったイメージでしょうか。

起きたいときに起きて、食べたいときに食べ、お茶を飲みながら今日は何をしようかと心を膨らませる。

何にも左右されない、どこまでも自由な生活。

老人ということだけを除けば、私の毎日も、だいたいそんな感じです。

たいした用でもないのに誰かが電話をかけてきたり突然訪ねてきたりすると露骨にイヤそうな対応をします。

ですので友達はあんまりいませんが、ほとんど好きなことだけをして、数は少ないけれど好きな人や好きなモノだけに囲まれて楽しく暮らしています。

さしあたり、そういう生き方も、やろうと思えばできるんだなあ、と思って日々楽しんでいます。

ところで私は、どこにでもいるフツーの人と同じで、ＩＴや株などの特殊能力も持ち合わせていないし、宝くじが当たったこともないし、親の遺産もありません。不労所得はゼロです。

それでも隠居できちゃったんですから、自分が一番びっくりしています。

ほとんどお断りしてますけど、たまに人に会う機会があったりして、「何してるんですか？」とか聞かれるとすご〜く困る。

正直、仕事は暇つぶし程度にちょびっとだけしていますが、職業と呼べるほどコミットして働いているわけでもないですし……。

「週休５日みたいな感じなので、わりと遊んで暮らしています」とか、「とくに言うほどのことは何もしてません」などと気分で答えたりするので、聞くたびに答えが変わってる……ということになり、結局、「何してるか得体の知れない人」という印象を与えてしまうようです。

私としては、嘘をついているつもりはないのですが。

そのときの反応は十人十色です。

何かを察知してそれ以上触れず、話題を変えてくれる上品な人、さりげなくもっと突っ込んでくる下品な人、見下すような目つきをする人など、いろいろいます。

ちなみにそんな人間がいたら、私だったら絶対にぶっ込んで根掘り葉掘り聞きただしますね。

察するにすごくまじめな人、もしくは現状に不満がある人だと思うのですが、「お前みたいなのがいるから国力が衰退するんだよ」といった内容のことを、キレ気味に言われることもあります。

べつに気にしません。

嘘です。

ちょっと傷つきます。

怒られると怖いので、そういう人からは速やかに離れて一定の距離以上近づかないようにします。

どんな状況でも、自分のことを一言で表す言葉がないものか、と探しあぐねていたのですが、あるとき出まかせに「隠居です」と言ってみました。

これが実に、瓢簞《ひょうたん》から駒《こま》といいますか、口から隠居といいますか。言ってみたら「おお、そうか、私は隠居だったのか」と、ハタと膝を打ったわけです。

この本では、時代に乗り遅れまくった私が、せちがらい世の中でいかにして隠居という生活スタイルにたどり着き、楽しく毎日を生き延びる方法を見つけてきたか、自らの体験をもとにお話していきたいと思います。

何かの役に立つかどうかは、さっぱりわかりませんが、どうぞ最後まで、お気軽にお付き合いくださいませ。

金はないが、
湯水のように

時間がある

目次

隠居って、こんな感じ

隠居食のこと

隠居に至るまで

隠居あれこれ

思い立ったら隠居——週休5日の快適生活

イラスト　著者

隠居って、こんな感じ

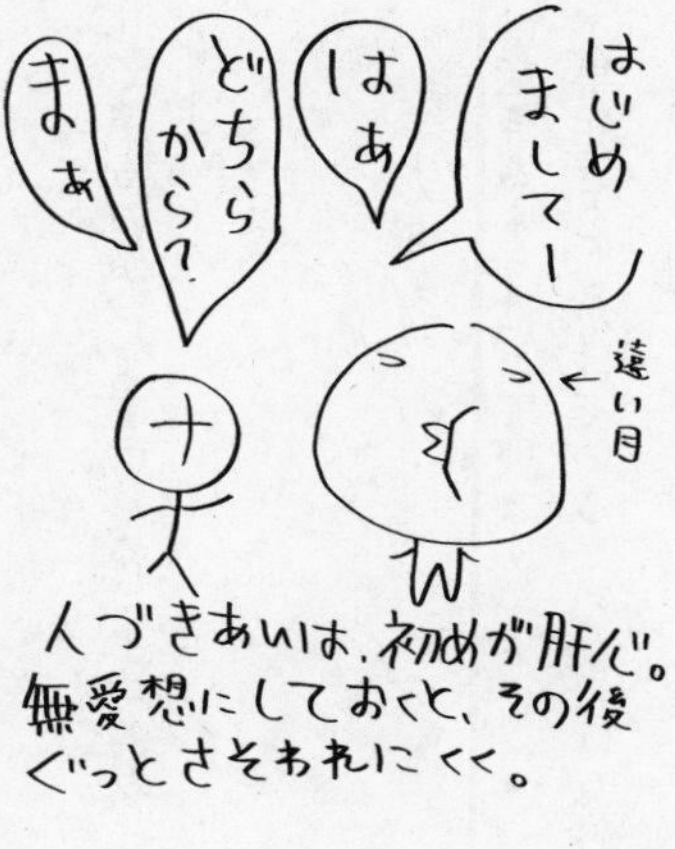
はじめましてー
はぁ
どちらから?
まぁ
遠い目
人づきあいは、初めが肝心。
無愛想にしておくと、その後
ぐっとさそわれにくく。

一日のようす

とにもかくにも、私が本当に何をして暮らしているのか、まずはじめに平均的な一日をご紹介したいと思います。

起床

何も用事がなくてもだいたい6時か7時には起きるようにしています。

何時でも起きられる自由な環境にいるのに、早起きを心がけているというのは意外かもしれません。

これは、緊張感を失わずにいたい、ということの表れです。たるんでる生活をしていると、たるんだ雰囲気が漂いますから。メリハリは自分でつけないと、誰も代わりにやってくれません。歯が浮くみたいであれですが、美意識といってもいいかもしれません。

朝起きるとまず、冷たい水で顔を洗い、両頬をバシバシ叩きます。

そして、どんなに寒くても天気が悪くても、1分でもいいから窓を開けて空気を入れ換えます。

部屋の空気が外気に馴染むと、部屋全体がシャッキリしてきます。これをやらないと朝が始まりません。

晴れていればゴミを出しがてら、しばらく朝日を浴びます。

朝日を浴びると、セロトニンという物質が体内に生成されます。

そう、数年前から何かと注目されるようになった話題のハッピーホルモンです。

これは自律神経を整え、心身の安らぎを助ける働きがあるそうで、夜になるとメラトニンという睡眠ホルモンに変わり、睡眠導入剤のような働きをしてくれます。

セロトニンが不足すると、うつ病や不眠症になりやすくなるそうです。

私が夜眠れないことがほとんどないのも、この朝の習慣が一役買っているかもしれませんね。

冬はラジオで朝のニュースや天気予報を聴きながら足湯をすることもあります。それから、6時半のNHKラジオ体操に合わせて体を動かします。なぜラジオ体操を日課にしているかというと、全身の筋肉がまんべんなく動かせて気持ちが良いのと、その日の体調がここでわかるからです。

私の場合、かがんだときに頭が重かったりすると、風邪のサインです。そんなときは、ただちに足湯に浸かり、はちみつしょうが湯を飲んでひきこもります。たまに寝過ごしてしまい、ラジオ体操に間に合わないときもありますが、そんなときはYouTubeでラジオ体操の動画を流しながらやります。

朝食

たいていごはんとおみそ汁、そしてお漬物。お漬物は、オールタイムフェイバリットはたくあんですが、季節の野菜を自分で漬けることもあります。

だいたい塩でもんで、一晩置いとくだけの一番ベーシックな浅漬け。これだけで漬かるんだから、浅漬けの素なんて買わなくても大丈夫です。ちなみに浅漬けによく使う野菜は、夏はきゅうりやなす、冬は大根や白菜、オールシーズンOKなのはキャベツです。

ごはんの気分じゃないときは、全粒粉の8枚切り食パンを1〜2枚。気分でバターかジャムか、ピーナッツバターなどを選ぶ。気が向けばスコーンを自分で焼いて、紅茶と一緒にいただくこともあります。

お米は前の日の晩から水に浸けてふっくらと吸わせておき、3日分ぐらいを一気に炊きます。

だいたい玄米ですが、気分や体調に合わせて白米を混ぜたりもします。風邪のときや暑い盛りは、喉を通りやすい白米のほうが多いです。

ここで、最高にめんどうくさい気分のときのウラ技を勝手に紹介します！ジャガイモとかサツマイモを皮ごとさいの目に切って、お米と一緒に炊いてしまうのです。

こうしておくと、そのまま食べてもいいし、あとはフライパンで溶き卵などを加えて炒めるだけでものぐさチャーハンのできあがり！

おみそ汁のだしも、昆布をほそーくハサミで切って、一晩浸けておくだけの、水出しです。

昆布は切った断面からうまみが出るそうなので、これがとても理にかなった方法なのです。取り出すのもめんどうくさいし、昆布はそのまま具にしてしまいます。火にかけてふつふつしてきたら、絹ごし豆腐をまるごとぶっ込み、鍋の中で箸で切ったりとかもします。

毎日やらなきゃならないのですから、できるだけ手間をかけない。心を込めない。こういうのは、とことん手抜きしたほうがいいのです。

私は炊飯器を持っていないため、普通の手鍋でごはんを炊いてしまいます。

我が家のキッチンはＩＨクッキングヒーターではない、旧式の電気コンロですから、コツを覚えるのにかなり時間がかかりました。

弱火にしてもすぐには温度が下がらないので、うっかりすると吹きこぼれてしまうのです。今では沸騰したらすぐにスイッチを切り、余熱で料理をすることも覚えました。

朝食を作るこの30分足らずのゆるやかな時間の流れがなんともいえず好きです。

窓から朝日が差し込み、床に広がるのをよく眺めています。

朝の自由時間

歯を磨いたあとは朝の自由時間です。

わーい何しよっかな～。

といっても、ローテーションはだいたい決まっています。

日々のローテーションをなんとなくでも作っておくと、次に何をするべきかいちいち迷わなくていいのでとてもラクです。

ここではパソコンでメールチェック、日記を書く、掃除洗濯、読書など。

掃除は気が向いたときにやります。毎日はしませんが、病気にならない程度にする。

洗濯は好きなので週に2～3回。あとは気の向くまま、風の向くまま。

何をするにしても、「世間の人たちは今、満員電車に押しつぶされながら通勤しているのか……」とか考えると、なんの変哲もないようなフツーの朝が、隠居にとっては禁断の果実の味になってくるのです。

私もときどき、朝の通勤ラッシュの時間に所用で電車に乗ることがあります。駅のホームで電車を待つパリッとしたスーツや、クタッとしたスーツなど、人間の使用前使用後の標本みたいな光景を見ていると、自分にもあったかもしれない人生のことを想像してみたりもします。

でも乗車して、立錐《りっすい》の余地もない車内で、背後からオッサンの鼻息が首筋にかかったりすると、妄想たちまち雲散霧消。

やっぱり絶対隠居のほうがいいや、と気を持ち直すのです。

昼食

おそばやうどんなど、簡単な麺類をちゃっちゃと作って食べることが多いです。

どかどか具を入れるのはあまり好きではないので、シンプルに冬はかけ、夏は冷たい盛りにします。ネギか胡麻を少しちらすか、冬ならしょうががやにんじんなどの根菜を、すりおろして常備しておくと、いつでもすぐに使えて便利です。

あまり入れすぎると味がわからなくなるのがイヤなので、おそば一杯につき入れる野菜はひとつかふたつにしています。

お肉の類は入れません。お肉なんて使ったら、まな板が汚れるし、後片付けがめんどうくさいったらありゃしない。めんどうくさいものは外で食べます。

ちなみにおそばやお米、味噌などはなるべく国産のものを買うようにしています。高いけれど、ささやかながら食糧自給率アップに貢献させていただいております。

あとはポッドキャストなどで好きなラジオ番組を聴きながら作る、食べる、後片付けをする、というのがマイルール。

テレビの場合は、なぜか漫然と見入ってしまい、気づけば時間が無駄に過ぎている……ということが多いのですが、ラジオはそういうことがありません。

ラジオのいいところは、何か別のことをしながら聴けるところです。作業がはかどる！

午後の自由時間

午後の自由時間は、散歩がてら買い物に行ったり、近所の公園で日光浴をしたり、野草を摘みに行ったり。お気に入りの店なども気が向けば訪ねます。

歩くのが好きなので、毎日1時間以上は歩きます。これもｉＰｏｄに入れたポッドキャスト放送を聴きながら。

私は不動産が好きなので、散歩がてら近所の物件をガン見します。近所にある、古い家屋やアパートを見ていると、入口のポストは緑のテープで塞がれ、雨戸は閉ざされ、かなり空室率が高いように見えます。

このボロアパートに引っ越したら、今より家賃がいくら下がるかな～。そしたらもっと働かなくてもよくなるな～。とか考えながら歩くのが楽しいです。

建設バブルと見まごうような華々しいマンション広告と、寒々しい実際とのギャップがかなりあったりして、住宅事情ひとつとっても、散歩しているとおもしろい発見があります。

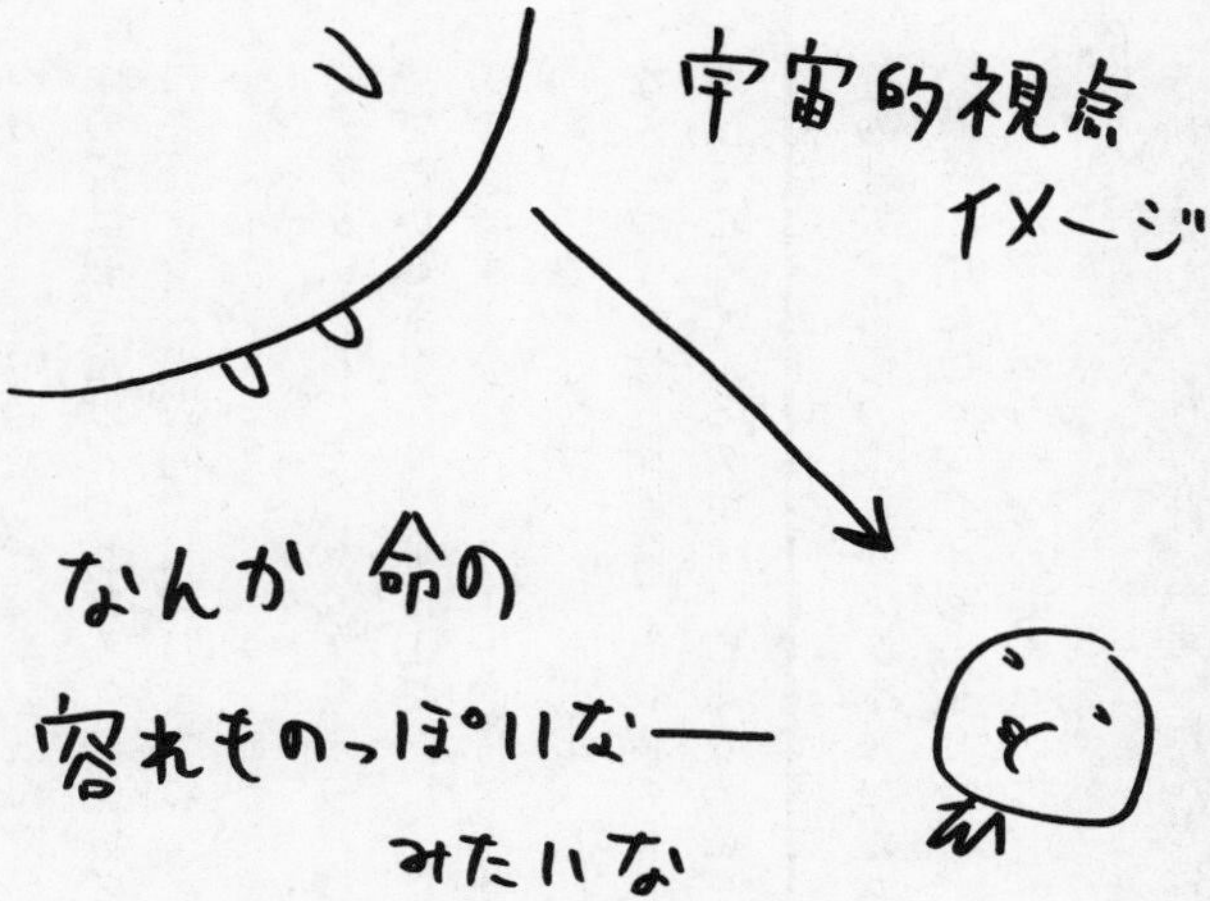
宇宙的視点
イメージ
なんか命の
容れものっぽいなー
みたいな

自分を見失いそうになったときも、散歩がいいようです。

情報の氾濫している駅前などの場所は避け、川とか公園とか、自然の多いところに行くのがポイント。

私は空や木や水など、自然のものをひたすら眺めることにしています。

そのうちに、宇宙的視点というか、20万年ぐらいのスパンで出来事をうまく眺められるようになると、だいたいのことは宇宙の塵みたいなもんでどうでもいい、と思えることが多いです。

図書館や郵便局などの事務的なこともすべてこの時間に済ませてしまいます。

雨の日は一日中じっと家で本を読んでいることも。

雨の音は好きだけど、濡れるのは嫌いです。雨が降ったら、友達との約束も、前向きにキャンセルの方向で検討しますね。

そういえば先日、ぐうぜん久しぶりに機関車トーマスを観ました。

『でてこいヘンリー』というお話。

この話の主人公はヘンリーという緑の機関車。奇しくも私扁理（ヘンリ）と同じ名前のキャラクターです。

なんとコイツは、雨が降ると自慢の車体が濡れるのがイヤで、トンネルにひきこもって出てこなくなるのです。汽車なのに。

みんなに「おーいヘンリー、出てきてくれー」と懇願されてもガン無視。

その結果、自慢の車体がトンネルにたちこめた煙の煤でどんどん汚れてしまうのですが、その頃にはヘンリーも意地になっているので出るに出られません。

で、そろそろつらくなってきた頃に、トンネルのすぐそばで仲間の機関車が運良く故障！

それを見たヘンリーは、「ま、ほんとは出たくねーけどぉ、困ってる人がいるならしょーがねーよなぁ」とばかりにデカイ顔してトンネルから出てきて、代わりに客車を引っぱってあげてみんなから褒められて、めでたしめでたし、という話でした。

姓名判断とかってよくわかりませんけど、名前が同じだと、キャラもかぶったりするんでしょうか……。

何かの教訓が読み取れそうな気がしなくもないですが、さしあたっては気がつかないフリをしたいと思います。

夕食

何も予定がなければ、夕方5時くらいには食べてしまいます。

そうすると、翌朝お腹がすいて勝手に目が覚めます。このときの目覚めの気持ち良さったらありません。

胃は夜遅い時間は活動を停止するそうで、夕食があまり遅いと翌朝まで消化されずに胃に残り、これが体に負担をかけるのだとか。

たしかに寝る前に食べると胃がしんどいけど、夕食を早めに済ませておくとお腹がラクです。

断食が健康に良いという話を聞きますが、そういえば英語の breakfast の fast は断食という意味ですよね。断食を破る、と書いて朝食。

夜の間はしっかり断食、胃を休ませるというのは先人たちの知恵なのかもしれません。

夜のメニューはだいたい、チャーハンとか焼きおにぎり、トマトソースのスパゲティなど簡単なものを一品だけ。もちろん自分で作ります。

夜の自由時間

お風呂に入る、ミルク多めの紅茶を飲みながら読書、無料動画サイトやＤＶＤで映画鑑賞、メールチェックなど。

ラジオを聴きながら食器を洗い、ヨガなどの軽い運動をしたらもう就寝の時間。

基本的に早寝早起きです。

このように、もう習慣になっているので、だいたい同じような毎日を過ごしています。しなくてはいけないことが何もないので、その日の気分で順番やローテーションは微妙に変わります。

とはいえ、限りある人生、時間は有効に使いたい。私はつねに2つのことを同時にするように心がけています。たとえばうんこするときは必ず同時に歯を磨くとか、その程度ですが。そのうちに、なんにもしたくなくなったら気分転換と思ってひたすら寝たり、ぼーっとします。

内容が変わっても共通しているのは、気の向くままに生きていること、したくないと思ったらしないこと、それぐらいでしょうか。

よく飽きないね、という声が聞こえてきそうですが、これが不思議なことに全然飽きません。

隠居生活を始めたのは、のどかな東京武蔵野の郊外に越してきた2009年からですから、もう10年になりました。

1月も半ばになり、近所の梅の花がほころび始めたり、暖かい日にはガラス窓越しの陽だまりにかげろうがたちのぼったりして、暦をめくるよりも先に季節を知ることができると、とても満ち足りた気分になる。

時間があっという間に過ぎていきます。

えっ ウチに庭があるのかって?
答えはNO!! 人んちの庭を
ガン見してるよ!!

隠居って何？

そもそも、「隠居」とはどのように定義されているのでしょうか。

広辞苑を引いてみると、5つの「いんきょ」が出てきます。

画数順に掲載されているようで、「允許」「引拠」「殷墟」「陰虚」と続いて、最後にようやく「隠居」。

位置づけ的にもかなり引っ込んでいて正しい気がしますね。

以下、隠居の定義を「引拠」してみると……。
①世事を捨てて閑居すること。致仕。職をやめるなど世間から身を引いて気ままに暮らすこと。
②家長が官職を辞しまたはその家督を譲って引退すること。また、その人、その住居。

戸主が自己の自由意志によってその家督相続人に家督を継承させて戸主権を放棄することで、中世の武家法以来の伝統的な法制であるが、１９４７年廃止。

③江戸時代の公家・武家の刑の一種。地位を退かせて家禄をその子孫に譲らせること。

④江戸小伝馬町の牢内で囚人の顔役の称。

⑤当主の現存の親の称。または、老人の称。

③と④は江戸時代における刑罰や役柄の呼称で、②の制度は１９４７年ですから昭和22年に廃止されています。

江戸時代ならまだしも、戦後間もない頃まで制度としての隠居があったとは驚きです。

⑤については、父母や祖父母のことを「うちのご隠居がね〜」などと話しているのは聞いたことがありません。

あっても私には子どももいませんし、老齢でもないのでこの隠居には裸で逆立ちして踊り狂ってもなれません。

現時点で実現可能な隠居はどうやら①のみ、ということになりそうです。

これは高齢と限ってもいないし、その理由も「職をやめるなど」と選択の幅、隠居の間口の広さが感じられる表現で、こんな私でも隠居になれるかも！　と夢が広がります。

いずれにしても、「◯◯しなくてはならない」というような制度ではなく、あくまで自発的に、「世間から身を引いて」いること、そして「気ままに暮らす」という部分に、好きなように生きるという、ぼんやりした隠居の生活スタイルが垣間見えます。

実は私が自分のことを隠居やん、と感じた根拠もここにありました。

話は変わりますが私は「ラジオ深夜便」のヘビーリスナーです。眠れない夜のお供にはぴったりの、NHKのラジオ番組です。

放送自体は午後11時05分から明け方5時までですが、今はインターネットでコーナー別にオンデマンド放送もしていますし、いつでもどこでも聴けるのが魅力です。

アンカー（いわゆるパーソナリティー）やゲストの語り口も、昨今のテレビ番組のようにギャンギャンと感情的に叫ぶように話すのではなく、低く落ち着いていて耳に心地よく、安心できます。

私のお気に入りは、コラムニストの天野祐吉さんによる「隠居大学」という名物コーナーでした。

天野さんが毎月一度、各界の著名人を招いて公開座談会をする、という趣旨の番組です。

このなかで、天野さんはこう言っています。

人生を楽しむのが隠居の極意。

その昔、江戸時代には隠居はあそびの達人であり、若い人たちの憧れであった。

隠居ってこんな感じ？　というぼんやりしたイメージを、いみじくも言い表しているように思います。

人生を楽しむこと。

これだけが隠居の一本柱であるならば、さらにハードルが下がりそうです。

ちなみに、２０１３年10月に惜しくも天野さんが亡くなられたため、「隠居大学」は現在は放送されていません。

享年80歳ということでしたが、もう80年ぐらい長生きして番組を続けてほしかった。非常に残念です。

余談ですが私はテレビを持っていないし、観ることもほとんどありません。とくに民放の番組を観ると、「物騒でしょう?」「治安悪いでしょう?」「笑えるでしょう?」「泣けるでしょう?」といった感想まで押し付けられているようでなんだか疲れてしまい、だんだん観なくなってしまいました。

もちろんテレビの全番組を否定しているわけではなく、好きな番組もあります。たとえば土曜の夜9時から放送しているTBSの長寿番組『世界ふしぎ発見!』などはとてもおもしろく、実家暮らしのときはよく観ていましたが、数少ない好きな番組のためにテレビを買うのもどうかと思いますし……。ということで、私がテレビから遠ざかってかれこれ10年以上になります。テレビがなくて困ったことは、今まで一度もありません。

現在の情報源は何かというと主にNHKのラジオです。

このNHKラジオが、あったことをただ淡々と伝えるだけで、私にはとても優良な放送をしているように思えます。

情報が、ザ・客観的！

それで、言うことだけ言ったら、「答えはあなたが勝手に考えてください」とばかりに終わります。

これですよ。

人の頭の中にまで土足でずかずか入ってこない、この感じ。

入っても玄関まで、という昔気質《かたぎ》の人みたいで、とても好感が持てます。

しかも、2020年の時点で、ワンセグなし、ラジオだけの視聴者にはNHK受信料はかからない、と放送受信契約で決まっているのです。

そんな低所得者層に優しいところも気に入っています。

受信料の未払いが社会問題になっている昨今、ラジオのみの視聴者にまで受信料の請求が及ばないことを願わずにはいられません。

1ヶ月の生活費は7万円台

　ここでいう7万円というのは、家賃や水道光熱費、食費はもちろん、医療費や税金、保険料や交際費などとにかく生活のすべてにかかるお金を含めた額です。

　自分以外の人間からの援助は一切ありませんし、生活保護や都営住宅などの公的な援助も受けていません。

　というと、とても驚かれるのですが、若い独身男の一人暮らしですから、やろうと思えば無理ではない範囲だと思います。それくらいでやりくりしてる苦学生だっていることでしょう。

　1円、10円単位の家計簿はめんどくさいのでつけていませんし、つけたくない。毎月の収支がマイナスになっていなければＯＫ、というゆるい経済観念で生きています。

　ですが今回はせっかくの機会なので、何にいくら使っているのかを1ヶ月間記録し

家計支出記録ノート　**2014年5月**　合計金額　**¥71,333**

No	日付	費目	詳細	金額
1	5/1	その他	切り花（ガーベラ）	¥105
2		食費	だしの素	¥1,021
3		食費	玉ねぎ	¥180
4		食費	無化調ラーメン2袋	¥230
5		食費	りんごジュース	¥98
6		食費	牛乳	¥101
7		食費	コーラ	¥168
8		食費	ヨモギあんこ餅	¥204
9		食費	そば	¥238
10	5/2	交通費	JR、小田急	¥755
11		交際費	コーヒー	¥350
12		交際費	食材、酒@友人宅	¥3,800
13		食費	グミ	¥110
14	5/3	交通費	JR、小田急	¥950
15		外食費	江ノ島バーガー	¥800
16		その他	おみくじ、賽銭	¥130
17		その他	コロコロクリーナー	¥108
18		その他	ウェットシート	¥108
19		その他	コーヒーフィルター	¥108
20		その他	ティーバッグ	¥108
21		その他	重曹	¥108
22		その他	目薬	¥286
23		食費	有精卵	¥388
24	5/5	食費	たくあん	¥284
25	5/7	食費	ジャム	¥265
26		食費	ホールトマト缶	¥78
27		食費	りんごジュース	¥98
28		食費	牛乳	¥183
29		食費	酒（お供え用）	¥103
30		食費	しるこサンド	¥196
31		その他	おみくじ、賽銭	¥150
32		外食費	コーヒー	¥530
33	5/9	食費	有機玄米	¥1,800
34	5/11	食費	豆腐	¥131
35		食費	りんごジュース	¥98
36		食費	牛乳	¥183
37		食費	にんにく	¥131
38	5/13	その他	換気扇フィルター	¥108
39	5/14	その他	Tシャツ２枚	¥398
40	5/15	食費	しるこサンド	¥196
41		食費	全粒粉食パン	¥194
42		食費	牛乳	¥183
43		食費	いちご（半額）	¥250
44	5/16	食費	無化調ラーメン3袋	¥450

No	日付	費目	詳細	金額
45	5/16	交際費	レモングラスティー	¥570
46		その他	お香	¥380
47		交通費	JR、井の頭	¥780
48	5/17	食費	ブラックチョコレート	¥101
49		食費	無添加ガラスープ	¥410
50		食費	りんごジュース	¥98
51		食費	玉ねぎ	¥58
52	5/18	交通費	JR、地下鉄、京王線	¥1,173
53	5/19	食費	たくあん	¥306
54	5/20	交通費	JR	¥604
55		食費	スパゲティ	¥410
56		食費	ねぎ	¥128
57		食費	そば	¥238
58		その他	目薬	¥286
59	5/25	食費	ブルーベリージャム	¥265
60		食費	豆腐	¥131
61		食費	食パン	¥80
62		食費	りんごジュース	¥98
63		食費	牛乳	¥183
64		食費	玉ねぎ	¥58
65		交際費	豆乳グラタン	¥880
66		その他	古本	¥200
67	5/27	食費	じゃがいも	¥162
68		食費	有精卵	¥388
69		食費	板チョコ	¥79
70		その他	ウェットシート	¥108
71		その他	重曹	¥108
72	5/29	食費	しるこサンド	¥196
73		食費	そば	¥255
74		食費	オレンジジュース	¥98
75		食費	牛乳	¥183
76		食費	ねぎ	¥158
77		食費	玉ねぎ	¥58
78		食費	バナナ	¥78
79		食費	いわしの味噌煮缶	¥202
80		その他	ルーズリーフ	¥108
81		その他	本	¥1,404
82	5/30	食費	ココア	¥358
83		食費	オレンジジュース	¥98
84		食費	牛乳	¥183
85		食費	バナナ	¥78
86		固定費	家賃、共益費	¥29,500
87		固定費	水道	¥2,845
88		固定費	電気	¥1,865
89		固定費	ガス	¥2,405
90		固定費	通信費	¥6,516

て、読んでくださっている皆様にだけは内訳を公開してみたいと思います。

何の参考になるのかわかりませんが、どうぞご覧くださいませ。


補足説明をしますと、家賃が2万8000円で共益費が1500円です。

この月は友人宅でパーティーがあったので多少出費がありましたし、お菓子の類も好きでよく買って食べています。

私としてはそんなにストイックだとは思っていません。

外食や日帰り温泉などの小旅行は、私の場合はだいたい月に一度くらいあるものですし、自炊の食材も無農薬でなくもっと安いものを選んだりすれば、生活費をさらに減らすことは可能でしょう。

節約が目的ではないので、わざわざチャレンジしたことはありませんが、やろうと思えば6万円台でも生きていけると思います。


そういえば、隠居暮らしを始めてから、所得税の通知が来なくなりました。

ついに市政からも放っておかれるように……。

と思って調べたら、そうではなくて、所得税って年収が103万円以下だと非課税になるのだそうです（2020年4月現在）。

隠居してから初めて知りましたよ、そんな決まりがあるなんて。

私の年収は隠居以降、おかげさまで100万円以下にガタ落ちしたため、富裕層のみなさんのように高額な税金に頭を悩ませることもありません。

国民健康保険料は、年収に応じてきちんと払っています。

ちょうど口座振替済み通知が届いたので確認したら、年間で1万2000円でした。

年金は、低所得だと免除してもらえる制度があります。

年金事務所に電話して聞いてみたら、お金ができたときに後納すればいいということでしたので、あるとき払うという自営業方針で、現在は免除の申請をさせていただいております。

それにしても税金ってほんとに大変ですよね。

隠居する前は、後述するように杉並区に住んでおり、フルタイムで働いていたときもあったのですが、家賃光熱費と生活費、税金などを払ったら手元にいくらも残りませんでした。

今もそんなに残らないという点では同じだけど、同じ残らないなら、はじめからつらい思いはしないほうがましです。

でも、どっちがましかはやっぱり人によるでしょう。

私はお金のなさと、清貧の生活を引き受け、そのへんの草を食べたりしてしのぐ代わりに、過労から解放されています。

税金を払っても、会社勤めのほうがましと思えば、そうすると思う。

いずれにしても私は、自分のためだけに働こうと思うとこれぐらいしかやる気が起きません。お金がなくたって、悪いことをせずとも、自分の力とアイデア次第で生きてはいけるのです。

何事も、やろうと思えばできるもんですね。

自分を使えば、お金は使わなくてOK

節約生活のポイントは、自分でできることはできるだけ自分でやる、ということです。

お金はないけど、今たまたま手元に時間はあるから、時間を使う。

逆に時間がなくてお金のある人は、お金を払って洗濯でも料理でも事務仕事でも人にやってもらえばいいですし。

みんな、自分が持っているものを使っているだけで、持っていないものを使おうとすると無理がたたって苦しくなる、という感じがします。

では、両方ない人はどうするか。

これは今ちょっと答えが見つかりません。

でも、私だったら、どっちにしても苦しいならとりあえず働きます。

私が自分ですることを挙げてみると、料理、洗濯、掃除、散髪、買い物、移動、運動、美容、ほかには近所で食べられる野草を摘んできたり、友人にあげるプレゼントを手作りしたり、少し前までは自転車のパンク修理も……。

とにかく、人がお金を払って誰かにやってもらうこと、全部。

おもしろいもので、人間、お金がないと知恵が出てきます。

人から見たら赤貧の生活かもしれませんが、これはこれでなかなか、クリエイティブで楽しいもの。

以下、自分でできること、お金をかけずに楽しめることを各項にまとめて補足説明をしてみます。

料理

基本的に自炊です。

毎食自炊していれば、食費は外食の4分の1くらいに減らせます。

自分で作ったものが一番安全でおいしい、と思っています。

昔はよそでものを食べることって、今ほどなかったような気がするんですけど……。

でも、ごくたまに、どうしても家で作りたくないときや、とくに食べたいものがあるときは、あっさり外食にします。我慢はしません。

年に数回のことですが、友人に誘われて、都心のレストランにしゃれ込んで行く、というのも好き。

どんな目的で、どういう服を着て行き、誰と何を食べ、どんな話をし、どういう時間を過ごすのか。そういうことを考えるのは楽しいひととき。

レストランっていうのは素敵な文化だと思います。

いずれにしても、「なんとなく外で食べる」みたいなことはありません。

メリハリが大事です。

一日の食費は、だいたい300円くらいでやりくりしています。多くても500円以下。この間ゴディバのショウケースを見たら、チョコレートが一粒300円前後でしたので、みなさんがあの一粒に使う金額で私は一日過ごしているわけです。

ちなみになぜゴディバみたいな分不相応なお店に行ったかというと、間違えて入っただけです。

結局一粒も買えませんでした。

5円チョコがうれしかった時代のことを忘れないためにも、これからも自分のために買うことはないでしょう。

さて、一日の食費が300円といっても、毎食自炊ができる環境は、かなり恵まれているんじゃないかと思います。

家族がたくさんいたり、仕事が忙しくて自炊する時間がないという人もたくさんいるはず。

毎食というわけにいかなくても、作りおきをたくさん作っておいて、いざというとき外食を1回減らすだけで、家で結構いいものが食べられます。

そんなこと、言われなくてもわかっちゃいるけど現実的に無理、という状況に私が置かれたら。

たぶん、さっさとあきらめて出来合いのものを買ってくるか、手のすいた親や友人が近所にいれば作りに来てもらうかなどして、どんどん手抜きして、「ま、こんなもんでいっか」と思うことにするでしょう。

完璧を求めると、余裕のなさがめぐりめぐって自分に返ってきそうなので……。

かといって、自分は完璧にやっているのにあいつは完璧にやっていない、これは不公平だ、とか怒るのも疲れます。

というわけで、自分にも周りにも、てきとうが一番です。

真夏は火なんて使ってたまるかレシピ

真夏。それは、自炊派にとっては地獄の荒行のような季節です。

毎日ひやむぎでもいいんだけど、それを食べるまでに熱湯でぐらぐらと麺をゆでなければいけないと考えるだけで無理。

そこで私は意地でも火を使わず、できるだけ暑い思いをしないで、ラクして自炊にありつけるようにしていました。

私が夏によく作っていたのは、サンドイッチです。一瞬も火を使わないので、暑くて億劫なときでもＯＫ！　以下、レシピを載せておきます。


〈暑いの無理サンド〉

材料

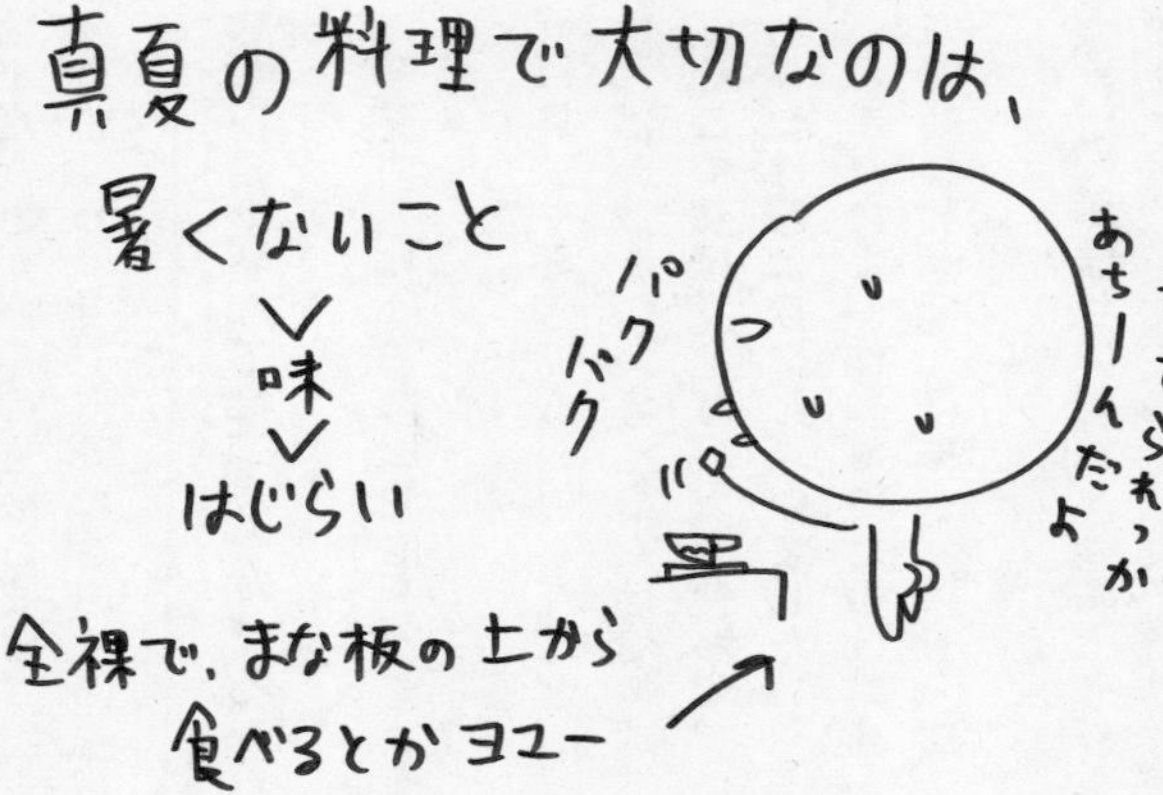
真夏の料理で大切なのは、
暑くないこと
∨
味
∨
はじらい
全裸で、まな板の上から
食べるとかヨユー
パクパク
あちーんだよ
やってられっか

・食パン2枚
・シーチキン1／2缶
・タマネギ、キュウリなどの野菜適量
・塩、コショウ、ケチャップなど適量

つくりかた
①タマネギとキュウリを細かく切って塩でもんで浅漬けにしておく。
②油を切ったシーチキンとともに①を1枚の食パンにのせる。
③ケチャップや塩コショウで味付けして、もう一枚の食パンで挟《はさ》んでできあがり！暑くない！

塩漬けにするならキャベツでもいいし、生野菜ならトマトやレタスでも構いません。ただし、真夏であることと、一人暮らしの冷蔵庫の容量、そして漬けておけば他のものにも活用できることを考えると、タマネギとキュウリの組み合わせにラクさでは軍配が上がります。

浅漬けにしておけば2～3日ぐらいはもちますし、納豆に入れたり、冷ややっこにのせてもいいですね。シーチキンも余ったのは翌日のサンドイッチに使えばOK。

少しでも暑くなくするため、食パンは間違ってもトーストしてはいけません。暑すぎて挟む気力もないときは、一枚の食パンに少なめに具材をのせ、そのまま折って食べます。

朝はフルーツ、昼はシリアル、夜はサンドイッチ。飽きたらたまに外食。そこまで暑くなければひやむぎやざるそばをゆでるか、ここぞとばかりにポテトサラダやラタトゥイユなど、一旦作っておけばあとで冷たくてもそのまま食べられるものを3日分くらい作り置き！

私はだいたいこれで真夏の自炊を切り抜けていましたよ。

せっかくなので、胃袋が老いた隠居用・肉なしポテサラ＆ラタトゥイユの作り方も載せときます。

〈肉なしポテトサラダ〉

材料（これを基準に、好きなだけ）

・じゃがいも　4個
・キュウリ　1本
・タマネギ　1／2個
・りんご　1／2個
・卵　1個（たんぱく源。なくても可）
・塩、コショウ、マヨネーズ　適量

つくりかた

①卵と、適当に切ったじゃがいもを、水に入れて火にかける（じゃがいもをうすく切るとゆであがりが早い。ちなみに皮はめんどくさいのでむかない）。
②その間にタマネギ、キュウリ、りんごも小さく切り、塩でもんで置いとく（りんごの皮もめんどくさいからむかない！　むしろ赤色がきれいだからそのまま使う）。

③じゃがいもと卵がゆであがったら、お湯を捨て、卵は殻をむき、鍋の中でじゃがいもといっしょにつぶす（ポテトマッシャーは百均で売ってるけど、なかったらフォークでもつぶせるよ！）。
④そこへ、かるく水分を絞ったタマネギ、キュウリ、りんごをぶちこみ、塩・コショウ・マヨネーズを適当に入れてまぜる。
⑤粗熱をとって冷蔵庫に入れとけば、いつでも冷たいまま食べられる！　そのまま食べるほか、パンに挟んでサンドイッチにしてもよい。

〈肉なしラタトゥイユ〉

材料（これを基準に、好きなだけ）
・トマト缶　２個
・タマネギ　１個
・キュウリ　１本
・なす　１本
・じゃがいも　１個
・大豆の水煮　１袋（たんぱく源。なくても可）

※トマト缶以下は、冷蔵庫の余り野菜でOK
・オリーブオイル、塩、コショウ　適量

つくりかた

①熱したフライパンにオリーブオイルを入れ、小さく切ったタマネギを弱火で炒める。
②タマネギが飴色になるまで待つのはダルいので、適当に野菜（じゃがいも、なす、キュウリ、大豆の水煮）を小さく切ってドカドカ入れていく（どうせぜんぶ煮るから大丈夫。あ、でも火が通りにくい根菜を先に入れるといいかも！）。
③トマト缶をぶちこみ、水は加えずに弱火でコトコト煮込む。材料が全部柔らかくなったら、塩コショウで軽く味つけ。
④粗熱をとって冷蔵庫に入れとけば、いつでも冷たいまま食べられる！　そのまま食べるほか、余力があればペンネやファルファッレなんかをゆでて添えてもいいし、暑すぎて無理ならパンとか、トルティーヤチップス、クラッカーにつけても美味。

　ちなみにウチの冷蔵庫は一人暮らし用の小さなやつで、冷凍スペースがなかったので、冷凍保存できるかは不明。たぶんできると思う。

〈生野菜用ディップ〉

この際なので、さらに私が家でよく作ってた生野菜用ディップの作り方も書いておきます。やる気がなさすぎて適当にいろいろ混ぜたら意外とおいしかったやつ。これも火をまったく使わず、保存がきいて、どこの家にでもあるような調味料しか使わないのでぜひ。

材料

・味噌　適量
・マヨネーズ　適量
・ごま油　適量
・酢　少量
・すりごま　少量
・塩コショウ　少量
※これを基本に、レモン汁、すりおろしニンニクやショウガ（チューブのやつでＯＫ）

など入れてアレンジしても可。あ、ごま油のかわりにオリーブオイル、そしてアンチョビを入れてバーニャカウダっぽくしてもいいかも。やったことないけど。

・お好みの生野菜

つくりかた

①とにかく全部まぜる。おしまい。

生野菜は、夏ならキュウリやセロリ、パプリカ、あとニンジンはオールシーズンいける！　大根やじゃがいも、カブ、アスパラガスなどは、かるく湯がいておくとおいしいですよ。スティック状に切ってディップすれば、不足しがちなお野菜がどんどん食べられます。超簡単なのに彩り豊かでおしゃれに見えるので、友人宅での持ち寄りパーティーなどにもおすすめです。

掃除

基本的にスーパーで売っているような化学洗剤の類はほとんど使いません。

理由は3つあります。

①まず匂いが苦手。
②場所や目的ごとにたくさん種類がありすぎて、ついていけない。
③合成界面活性剤が川に垂れ流しだと思うと怖くて使えない。

以上です。

洗剤は重曹を。

家中の掃除に使える万能洗剤で、汚れの度合いによってペースト状に水で薄めて使うだけだから、何種類も買わなくていいのがラク。

キッチンのステンレスの汚れも、換気扇の油汚れも、お風呂の湯垢も、これだけでかなり落とすことができます。

また、消臭効果もあるので、生ゴミの臭いが気になる場合は、ゴミ箱に直接ふりかければ悪臭は激減。

排水口にも効果的で、臭い始めたら、ただちに重曹をぶっこんで熱湯をかけるだけ。

ジュワジュワ〜っと激しく泡立つのを見ながら、臭いの原因菌が苦しそうに流されていくさまを想像して楽しんでいます。

ネットで検索すると、重曹シャンプーという使い方をしている方もいるようです。私はそこまでやったことがないし、さすがにそこまでやるつもりもないので、なんとも言えませんが……。

後述しますが、私は洗濯にも重曹を使っています。


このようにとても便利で万能なのに、化学洗剤に比べて地味であまり使われていないのが残念なので、たまに人に配ったりしています。

最近だとヤシの実洗剤とかが地球に優しそうに販売されていますが、成分を見ると実は少ないけど界面活性剤は入っているので、私はやはり重曹派です。人体に無害フ分解されて、水と二酸化炭素と炭酸ナトリウムになるだけですから、ゥー！

ちなみに界面活性剤の名誉のために言っておきますと、界面活性剤というのは、「違う性質を持った二つのものを混ぜ合わせるものの総称」だそうです。

天然由来のもの（大豆由来の乳化剤など）は食品にも使われているので、悪いものばかりではありません。

が、洗剤の場合は成分表示からはそこまで詳しくわからないし、いちいち問い合わせたりして調べるのもめんどうくさいのでやっぱり私は買わないことにしています。

重曹は、用途別に精製度が違うので、掃除用を食用に使うことはできません。

食用のものは、スーパーの製菓コーナーとかに置いてます。

ベーキングパウダーにはアルミニウムという添加物が入っているものが多いので、重曹はその代用品として使えます。

私もスコーンなどを焼くときは、ベーキングパウダーではなく重曹を使います。

私自身は添加物にアレルギーはないので、自分で食べるだけならいいのですが、人にさしあげたりすることも多いので重曹のほうがベターかと。

さて、掃除用としては、百均で売っている国産の重曹をよく買います。

百均って、注意して見ると同じものでも日本製があったりしますよね。

掃除をするときは、汚れてなければしない、完璧にきれいにしようとしないのがコツでしょうか。

汚れが落ちなければ、「ま、このくらいでいっか。頑張ったし」くらいでやめておきます。きれいにするというより、掃除をしたあとの気分の良さのためにやっているような気もします。

イヤなことがあったとき、いろいろうまくいかないとき、なんとなく不安で心が落ち着かないときも、私は掃除をしたくなります。

単調な動作の繰り返しがいいのか、とても無心になれるのです。

また、集中して掃除をしていると悩みごとを忘れることができるし、悩んでたけど意外にたいしたことないかも、と気持ちが切り替わることもよくあります。

昔から掃除は大切な神事である、とかいう話を聞いたことがありますが、たしかに私にとって掃除は祈り、願掛けみたいなところがあるかもしれません。

京都の上賀茂神社には御掃除祭という神事があるそうですし。

もちろん自分が気持ちいいと一番に思えることが大切ですが。

ですから基本的には、気が向いたときに、ラジオを聴きながらとか、音楽に合わせて踊りながら掃除をします。

やりたくないときは、「今日はサボる！」と宣言し、きっぱりとやらないことも、けっこうあります。

重曹すら使わないような、掃除と呼べないくらい小さなことなら、そういえば毎日していますね。

ティッシュに柑橘系のエッセンシャルオイルをたらして思いっきり吸い込んだあと、机と椅子とパソコンをなでるとか。

食器を洗ったあと、かならず台ふきでキッチンをひととおり拭いてやるとか。

トイレは使ったあとにトイレットペーパーをたたんで汚れをサササッと取るとか。

（これは人の家でもたまに内緒でやってしまいます。）

こまめに掃除していると、意外に軽く拭いたりするだけできれいになりますからね。

考えてみると、私は大掃除はほとんどしないけど、超小掃除はそれこそ毎日のようにしているかもしれません。

毎日といっても、ちょっと拭くぐらいなら、５秒で終わります。

毎日５秒で快適生活が手に入るんです。

ところで、昔からおもしろいな〜と思っていたことのひとつに、「化学洗剤のC

M」があります。

あの、イメージ映像っていうんでしょうか、汚れがズバッと落ちて、ピカピカ！　みたいな映像をよーく見ると、最後に必ずちょっとだけ汚れが残ってるんですよね。

私はそういうCMを見ると、必ず家族に訴えたものです。

「あのCMってさー、汚れ残っとるじゃんね」

すると家族に、

「え〜？　残っとるわけないやん。何言っとんの」

などと否定されてしまいましたが。

世の中には、本当のことを言っているのに誰にも信じてもらえないことがあるのだ、という一抹の孤独を、そのとき私は知ったのです。

そんなはずないのに…と思い続けながらも、今はテレビを持っていませんので、真相は闇の中…じゃなくて今ネットで調べたら、やっぱり気づいてる方がたくさんいました！　あっさり解決！

不遇の少年時代がやっと報われた気分です。

あのときの私は小さなコペルニクス。お前が正しかったことが証明されたよ、と昔の自分に教えてあげたいような、どうでもいいような。はい、次！

洗濯

まず、服を買うときは、家で洗濯できるものを選びます。クリーニングに出さなければならないような素材のもの（ダウンジャケットとか）は、なるべく買いません。

一度着たくらいで汚れていなければ洗いませんが、だいたい週に一度か二度まとめて洗濯します。

着ていて何かイヤなことがあったり、巻き込まれたりした場合も、なんとなく洗わないと気持ちわるいので洗濯します。

これも重曹をそのまま入れるだけ。洗濯物の量にもよりますが、だいたい洗濯機の水位が高中低で「中」のとき、スプーンに山盛り一杯くらいでしょうか。以下、洗濯用に実際に3年間使ってみての感想です。

①柔軟剤を使わなくてもいい

私はもともと柔軟剤のきつい匂いが苦手だし、これも種類が多すぎてわけがわからないので、使ったことがありません。

柔軟剤を入れたときのように、化学的なまでにふかふか、とまではいきませんが、重曹で洗うだけでも適度にふかふかになります。

なんとネットで検索したら、洗濯機の柔軟剤を入れる部分に重曹を入れる（量はてきとうでいい）という方法も紹介されていました！

最初から洗濯槽に入れれば、洗剤も必要なくなりますよ、と教えてあげたいです。

②溶け残りがない

ある種の液体洗濯石鹸で洗うと、溶け残った石鹸がズボンの股間付近に白く染み付いていることに気がつかず、思春期に学校で気まずい思いをすることがありますが（いえ、一般的な話です）、重曹に限っては溶け残りで困ったことは今まで一度もありません。

真冬に洗濯物を取り込むとき、ときどき固まった重曹のかけらが衣類に付着していることはありますが、乾いてカリカリになっているので、はたくだけで落とせます。

執着がなく、あっさりとしていて付き合いやすいです。身も世もなくしがみついて私を困らせるようなこともありません。

③肌に優しい

柔軟剤に使われている陽イオン界面活性剤は塩素系の非常に毒性の強いものだそうで、敏感な人は皮膚を通じて毒性を取り込んでしまい、吐き気や頭痛を催す、またアトピー性皮膚炎の人はかゆみがひどくなる場合があります。

重曹の場合は、有毒な界面活性剤は使っていないので、洗い上がりもさっぱりしていて着心地も快適です。

④部屋干ししたときの臭いが抑えられる

部屋干しするしかない梅雨の時期などは、柔軟剤を使わないと濡れぞうきんみたいな臭いが発生しますよね。

かといって、そのためだけに部屋干し用洗剤を買うのもイヤ！

そんなとき私は、重曹をいつもより少し多めに入れるだけです。

まったく臭わなくなるわけではありませんが、もともと消臭剤としても使われるくらいですから、かなり抑えられます。

⑤色落ち・色移りがほぼない

ふだんから重曹で洗濯しているので気がつかなかったのですが、色落ちや色移りもほとんどありません。これは友人宅に泊まった時に、私の色モノの短パンを洗濯してもらったのですが、化学洗剤を使っていたようで、白いTシャツに色移りしていたことからわかりました。短パンは、すでに家で何度か洗ったものだったので、やはり重曹のほうが色落ち・色移りが少ないです。モノにもよると思いますが、化学洗剤よりも気軽にドカドカまとめ洗いができるように思います。

こんな感じです。

重曹が柔軟剤に負けてるポイントがあるとすれば、静電気や花粉の付着を防いではくれない、ということでしょうか。

静電気は乾燥している季節は非常に心臓に悪いですが、それ以外の優秀な働きを斟酌してみると、重曹にそこまで完璧を求めるのはかわいそうな気もします。

機械油で汚れた作業服や、子どもの泥汚れのついた服とかでなければ、重曹で十分、といった感じです。

ホースが詰まるから使わない、という話も聞きましたが、私は今まで一度も詰まらせたことはありません。単に入れすぎじゃないでしょうか。

散髪

もう10年近く、お金を払って髪を切ってもらったことがありません。

これも非常に驚かれますが、自分でやろうと思えばできるものです。

今は家電用品店などで、長さの調節ができるバリカンが売っていますし。

私が愛用しているのは、ナショナルの「カットモード washable ER508P」というごく普通のバリカンです。

以前、ホームセンターで7000円弱で買った記憶があります。

ちょっといいサロンで一度カットしてもらうだけで数千円かかることを考えれば、2回くらい使えば元はとれる。安すぎます。

これで月に一度、自分で短く刈っています。

バスルームの鏡に向かって、全身が映る姿見をうまく置いて後頭部を見ながら、えりあしなどもきれいに揃えます。

はじめのうちは失敗して、切りすぎて部分的にハゲみたいになってしまったこともありました。

慣れてくると、どこを短くしてどこを長めにすると自分の頭の形に合うか、といったことがわかるようになります。

私はヒゲソリやカミソリの類も持っていません。

バリカンのアタッチメントのなかに「3ミリ」というのがあって、「これは何に使うんだろう」と思っていたのですが、あるときそれでヒゲを短く整えてみたら30秒でできちゃいました。

それ以来、週に一度くらい3ミリ仕様のバリカンを当てるだけです。

剃ってる時間がもったいないので、ヒゲソリやシェービングクリームはとっととゴミ箱へ。そんなわけでここ数年、ヒゲソリも使ったことがありません。

買い物

買い物をするときのポイントは、「欲しい・欲しくない」「あると便利・ないと不便」で考えるのではなく、「必要かどうか」で判断することです。

ですから、食材以外のものはあまり買いません。

後述しますが、このあたりは海外を放浪していたバックパッカー時代に養われた「余分なものは持たない」精神の表れだと思います。

ただし、何かのお祝いに、心やすい友人に花やプレゼントを買うときは、迷わずお金を使います。これもメリハリが大事です。

いずれにしても、なんとなく何かを買うことはありません。

すると必然的に出るゴミも減ります。

私が今使っている燃えるゴミの袋なんて、3リットルのSSサイズです。

コンビニでもらう一番小さい袋ぐらいの大きさです。

値段にしても、いかに安価であるか、ということよりも、全体的に見て適正価格かどうかを考えます。

たしかにチラシだけで見たら安いかもしれないけど、そこまで行くのにかかる運賃とか時間とか労力を支払ってその商品を買うのが、納得できる範囲かどうかがポイントです。

余裕と興味があるときは、この買い物がどんな会社の利益になってどういうふうに社会に還元されていくのか、というようなことにも思いを馳せます。

このように考えていくと、安いように見えるけど総合的には高くつくことがある、ほんとにタダより高いものはないな、ということが実感できます。

たとえば、欲しいものが決まっていて、必ずそこにあるとわかっている場合ならまだしも、わざわざ遠くのアウトレットに試しに行ってみる、みたいなことはまずありません。

とくにセールの時期なんて人がたくさんいて疲れるし、思考能力も落ちるし、店員さんもキャパオーバーで、サービスが行き渡っていないと思うのでますます行きたくないです。

隠居してからは、流行に乗り遅れないように頑張るのがもうしんどいので、どうしても欲しいものがある場合以外は、あるもので済ませるようになりました。

買い物は全体的に見て判断する！

すると、無駄遣いをすることが激減します。

移動

まず、原則として電車やバスは使いません。徒歩や自転車で行ける範囲内で行動します。運動にもなりますし。

電車なら5駅くらいは普通に自転車をとばせば行けます。地下鉄でいうと倍の10駅ぐらいの距離でしょうか。これで足りない用はほぼありません。

ただし、これもたまに友人と都心に出かけるときや、真夏の暑い盛りなどは、あっさり電車やバスに乗ります。

何度も言いますが、無理なことはしません。

車なんてもちろん持っていないし、今はお金があっても買わないと思います。

東京に住んでいる分には、交通網も発達しているし、とくに困ったことはないからです。

それにガソリン代、駐車場代、車検代、自動車税などなど、維持費だけ考えても気が遠くなりそう。

1970年までに生まれたバブル世代やそれ以前の人たちに言わせると、私たちのような物欲のあんまりない世代は、「かわいそう」なのだそうです。たしかに車もバイクも家もブランド物も海外旅行も酒もタバコもキャバクラもべつにいらんし、なくても生きていけるし〜、と私は個人的に思っていますが、かわいそうかどうかはちょっと自信がありません。

新しい世代っていつの時代も、世の中の潮流に敏感に反応してカメレオンのように変化し、世代感みたいなものを作っていきますよね。

バブルの頃に若かった人は、バブルに呼応するように物欲を増大させていくし、不景気に青春時代を過ごせばそういう社会に合わせて欲望を減退させていく。

若い人は世の中にうまく適応していくようにできているんだな〜、と感心します。

運動

形から入ると、何でもお金がかかります。

運動のためにプールに通うから水着を買おう、ジムに行くから会員になろう、トレーニング用ウェアを買おう。

あるいは、お金をかけずに自宅でできるように健康器具を買おう、とか。結局お金がかかります。

お金を使えば頭は使わなくて済むし、スピーディに解決しますが、「まずはお金をかけずにできることはないか」という選択肢を考えることが、なくなるような気もします。

私はジムやプールなど、運動するためにお金を使うことはありません。

前述の「移動」と重複しますが、散歩や自転車など、もっぱら身一つでできることだけをします。

とくに歩くことの効果は、昨今いろいろ言われていますよね。

歩く習慣のある人はボケにくいとか、歴史に残る偉人や哲学者は歩く習慣があったとか。

足の裏にはツボが集中しており、脳がかなり刺激されるのだそうです。

哲学者や昔の小説家たちが歩きながら考えたというのも容易に想像ができますね。

ですから、というわけでもありませんが、私はなるべく凸凹した道を選んで歩きます。足の裏で凸凹を感じて歩くのが最高に気持ちいいです。

しかし悲しいかな、人間は刺激には慣れてしまう生き物です。先日も、友人宅でイボイボのついた青竹に乗ってみたら全然痛くなかったので、健康ということらしいのですが、ちょっと物足りませんでした。もう剣山とかに乗るしか……。

歩いていると情報の入ってくるスピードがちょうどよく、季節の花がほころぶのや、夕暮れの時間にもいち早く気がつきます。

それから、朝はラジオ体操、就寝前には簡単なヨガをしています。これもお金は一銭もかかりません。

ラジオ体操は、実際やってみるとわかりますが、あんな短時間で全身の筋肉とか関節をまんべんなく動かせて、安全で、効率がいい運動は他にありません。タダだし。

ポイントは、ひとつひとつの動作をキビキビやること！

軽く疲れます。とくに肩の周辺が。自分がどの部分を日常生活でよく使っているか、いないかがわかりますね。

ラジオ体操は、カラダとのコミュニケーションです。

おはよう膝関節！

おはよう大腿二頭筋ございます！

とか言いながらやると、なお良いでしょう。


ところで、健康法って、ひとたび注目されると、必ず賛成派と反対派に意見が分かれて議論を呼び、ネット上で話題になったり、書籍が発売されたりしますよね。

そりゃ、人によって合う合わないがあるから仕方ないだろう、と思いますが、散歩とラジオ体操に関しては、不健康だとする話は聞いたことがありません。

ですからまあ、地味だけど万人向け、ということかもしれませんね。

たとえアンチ本が出たとしても、

『長生きしたけりゃ、歩くな！』

『ラジオ体操をすると、早死にする！』

……売れなさそうです。

ラジオ体操の思い出って、小学校の夏休みに、ロッテリアのポテトSサイズの魅力に負けて、毎朝眠くて死にそうになりながら行ったことくらいしか覚えていません。当時は町内会のラジオ体操に参加すると、カードにスタンプを押してもらえて、それが全部たまると、近所のロッテリアでフライドポテトのSサイズと交換してもらえたのです。

今思うと、たかが百数十円のポテトSサイズに騙されて、せっかく寝坊できる夏休みの朝を毎日犠牲にしていたなんて、割を食ったにもほどがあります。子どもなんてただでさえ毎日遊びまわって体を動かしまくって運動量は十分すぎるくらいなのだから、あんなもん慢性的な運動不足の大人だけで勝手にやっとけばいいのです。

つまり現在の私のような人間にはぴったりなのです。

美容

昨今は薬局や雑貨店でも、女性用は言うに及ばず、男性用化粧品のコーナーも拡大していますね。

それだけ需要があるのでしょうが、私には用途のよくわからない小さなボトルが1000円以上もするのを見ると、ひっくり返りそうになります。

知りたい人もあまりいらっしゃらないとは思いますが、万に一人、知りたいという奇特な方のために書きますと、私はずぼらなので化粧品の類は一切使いませんし、買いません。

若い時分は色気づいて血迷って買ったりしたこともありましたが、メンソールだかなんだか、刺激が強すぎて結局最後まで使えずにゴミ箱行きに……。

あ、冬はくちびるが乾燥して割れたりするので、メンソレータムのリップクリームだけは買いますけど、あれは化粧品の部類に入るんでしょうか。

今ちょっと持ってきて見てみたら、正式名称は「メンソレータム薬用リップスティックXDc」とありました。

薬用。

やはり純粋に見栄えをよくするため、というよりは、くちびるを損傷から守る、という実用品扱いのようです。

「XDc」とか頭良さそうなアルファベットがついてるあたりに説得力を感じます。

でもカテゴリーとしては、「医薬部外品」。

医薬界からはみ出してるけど、いちおうボクも薬だよ！　という声が聞こえてきそう。

社会からはみ出してるけど、いちおう人間の私としては、非常に親しみを覚える存在です。

あるとき、作家の宇野千代さんのエッセイで、化粧水の代わりにオリーブオイルを使っており、これでピチピチ米寿女子、みたいなのを読みました。

そこで私も、キッチンに置いてあったエクストラバージンのオリーブオイルをお風呂あがりに試してみたところ、肌にすっとなじんで刺激がまったくなく、オイルなのにさらりとしていて全然べとつきません。

冬でも乾燥とは無縁です。

昔は保湿クリームの類をつけないと肌がかゆかったのですが、今はまったく必要ない状態に。

と、こう書くと、何かの安っぽい宣伝文句みたいであれなのですが、実際そんな感じだったので、そのまま書きました。

考えてみれば、オリーブオイルって口に入れるものですから、当然、体に悪かろうはずがないですよね。目指せピチピチ愛され米寿男子！

石鹸も、汚れたところや汗をかいたときに使うくらいです。お湯で汚れや臭いが落ちればそれ以上ゴシゴシ洗うこともありません。

そんなわけで、私のバスルームはとてもスッキリしています。バスタブ周りには、石鹸とシャンプーしか置いてません。最近は、この石鹸を使い切ったら、髪にも体にも使える液体ソープが一本あればいいや、という境地に達しました。

そして洗面台には、歯ブラシ、歯磨き粉、洗口液、そして件《くだん》のオリーブオイル。基本的にこれだけです。掃除がラク！

隠居流趣味の見つけ方

毎日あくせく働かなくても楽しく生きていくためには、お金のかからない、かつひとりでも没頭できる趣味を見つけるのが得策です。

まずは読書です。

これはひとりでできる、お金がかからない、時間や場所を選ばない、しかも傍から見ると、単なる暇つぶしをしているだけなのに頭が良さそうに見える、ということで最強の趣味と言えるでしょう。

実際は、本を読んでいるからといって頭がいいわけではないことは、私が一番よく知っていますが。

読書の際は、もっぱら図書館をフル活用します。

今はありがたいことにほとんどの図書館はインターネットで検索・予約ができ、分館にある書籍のためにわざわざ遠出しなくても、最寄りの図書館で取り寄せてもらえます。

人気の本や新刊本は数ヶ月予約待ちなど、多少の不便はあるにしても、何万冊という本を自分の代わりに所蔵してくれていると思うとワクワクしませんか。

図書館は知の宝庫です。世の中に、まだまだこんなに知らないことがあるなんて！

そのタイトルも『図書館に通う』という、みすず書房から宮田昇さんという方が出版された本があります。図書館の利用術とでもいえる好著です。

隠棲したとおっしゃりながらも精力的に執筆活動をされている方のようですが、隠居者にとっていかに図書館が有効な施設であるかが、よーくわかります。

もちろん図書館に置いていない本もあるので、それだけは古本屋を探します。

ふとしたときに覗いてみて、あれば買うし、なければないで、頭の片隅にでも置いておくと、そのうちフェイドアウトしていくのでとくに困りません。

「本は出会い」がモットーですから、読みたいと思ったときが旬。

そこで出会えなければ、まあそれまでのご縁、ということにしています。

今の時代、インターネットの古書店で探せば見つかるとは思いますが、見つけられるからといってとくに見つけに行こうとは思わない。

読むべき本は、向こうからのアプローチもあるはずだし、しかるべきタイミングで出会うはず、と、なんとなく構えています。

先日読んだ本の中で、作家の河野多恵子さんも、

「いろんな本が次々に売り出されるけれども、それを逃さないように一生懸命になることはしなくていい。自分にご縁のある本は、必ずまたどこかでつながっていくから」

とおっしゃっていました。

本に対する態度って、人との付き合い方に似ているかもしれません。

私の場合は、人はだいたい一度会ってなんとなくダメと思ったらそれ以降は自分からは会いません。

本も最初の10ページでつまんなかったら読むのをやめて速やかに図書館に返却。

この第一印象で切り捨てる感じがとてもよく似ています。

会うべき人や読むべき本とはまた自然につながっていくだろうから、すべて放置しておけばよい、という了見です。

もうお亡くなりになりましたが、『100万回生きたねこ』（講談社）の作者・佐野洋子さんは、つまらない本だと、「なんてつまらない本なんだ！」と床に何度も投げ捨て、でもそのつまらなさを最後まで確認するために、また何度も拾って読む、とおっしゃっていました。あの村上春樹さんの大ベストセラー『ノルウェイの森』（講談社文庫）も、どうやら餌食になったようです。

では、人付き合いに関してはどうかというと、「付き合っていて、イヤなところがまったくない、ケンカもしないような奴は嘘ついてるってことだから、人間として認めない」そうです。

やはり、人と本の付き合い方は似ているような気がします。

新刊は高いのでほとんど買いません。

例外としては、「この本、自分が読んだあとにあの人にあげたら喜ばれそう……」とかいうときに買うことがあります。

その際はおもしろかったところ、その人が興味のありそうなところに付箋でも貼っておきます。

いずれにしても自分だけのためだと高いと思ってしまい、今の経済力では手が出ません。

だって、1冊の本を、1人が読んだら1000円、2人が読んだら500円……など話していたら、関西出身の友人に「それ大阪のおばちゃんの考え方やで」と突っ込まれましたけれども。

大阪のおばちゃん、素敵な考え方ですよね。

続いて映画鑑賞。

これも、ひとりでも楽しめる極上のエンターテインメントです。

今はありがたいことに多種多様なインターネット上のサービスがあり、無料で楽しめるコンテンツもたくさんあります。

私はパブリックドメインの古い映画を何度も観ます。

なぜかというと、古い作品のいくつかは、無料動画サイトで見つけることができるからです。

海外のウェブサイトだと、字幕がついていない洋画作品も多いのですが、外国語のわかる方は使わない手はありません。

よくわからないウェブサイトからダウンロードするのは、ウイルスに感染する恐れがあるので、利用しないほうが無難。

ストリーミング配信で観られるもののほうが安全かと思います。

その日の気分で選んだ紅茶を飲みながら、古い映画を観るのは至福のひとときです。

少しお金はかかりますが、青春18きっぷを使って、日帰り温泉にもときどき行きます。東京近郊では熱海、下諏訪、日光、石和や白子などもよく訪れます。

隠居をしていると、平日が日曜日みたいなもんで、混んでいない日時を見計らって優雅に行けるのが嬉しいです。温泉に限らず、平日はいろんな娯楽施設で入場料が安いことが多いですし。

休日は混むので外に出たくありません。

人ごみが嫌いなので、平日もできる限り通勤ラッシュの終わる9時以降に出かけ、帰宅ラッシュの始まる5時前に帰るように努めています。

と、ここまでは私の話ですが、べつに読書や映画でなくても、お金のかからない趣味って他にもいろいろありますよね。

近所の山や森に出かけてバードウォッチングするのもいいし、スケッチでも編み物でも、お金のかからない趣味ならなんでもいいのです。

いつだったか、たまたまよそでテレビを観ていたら、実際には存在しない架空の地図を、趣味で10年以上作り続けているという人が出ていました。

その設定がものすごく緻密で、「ここにこれだけ大きな公園ができたのは、再開発のために市が広大な用地を買ったんですけど、都市計画が頓挫して仕方なく公園にしたのです」というようなことを淡々とおっしゃっていたのが印象的でした。

現実には何の役にも立たないことを、どこまでも細かく、気の遠くなるような時間をかけて作り続け、その都市は彼の頭の中で現在も変わり続けているのだそうです。

なんだか神聖さすら感じてしまいました。

あれもお金は一円もかかっていませんし、一生続けられそうです。とても素敵な趣味だと思います。

ちなみに趣味に限らずですが、衣食住でも、何かを採用するときは、歴史の浅いものではなく、昔からある、もはや定番となっているものから選ぶのがラクです。

なぜかというと、すでに市民権を得た定番チョイスというのは、社会の受容があるから、他人にうるさく言われないのです。

「趣味はスマホゲームです」なんて、昨日今日生まれたような娯楽を趣味だと公言しようもんなら、一族郎党のおっさんやおばはんが、学校の先生が、パンくずを投げ込まれた池の鯉のようにバシャバシャと文句をつけにやってくるに決まっています。そう、私が子どもの頃、スーパーファミコンやプレイステーションなどの新製品を大人たちが糾弾してきたように。

でも私の場合、本を読むといっても、サブカルや宇宙人の本など、とくに何の役にも立たない本が好きなので、気分的にはスマホでゲームしてるのと何ら変わりはないと思うんですけどね。とりあえず本を読んでるというだけで「学がありそう」とか勝手に思ってくれるので、これは得した気分です。

それに首や肩こり、目の疲れの原因として、「スマホ首」なんつってスマホが目の敵にされがちですけど、首や肩こりなんて昔からある人はあるし、読書するときの首の角度だって大して変わんなくないですか？　しかも自分の部屋で、誰も見てないときに本を読むときの姿勢なんて人に見せられたもんじゃない。

だいたい私は娯楽でも服でも食べ物でも、流行なんて完全スルーの保守派です。映画でも往年の名作が好きだし、服だって昔から変わっていないデザインやパターンのもの。新しいレシピ本なんて見向きもしません。すでに先人たちに淘汰され、定番になったものから選ぶのがよいのです。

そこで思い出すのが「イノベーター理論」。

これは、新しい技術やサービスが出てきたときに、それがどんなふうに市場に普及していくかを表す理論です。

五つの層に分けられていて、いちばん早く飛びつくのがイノベーター（革新者／2・5％）。

次にアーリーアダプター（前期採用層／13・5％）。流行に敏感で、オピニオンリーダーとも呼ばれる人たち。今ならインフルエンサーといった感じでしょうか。

それからアーリーマジョリティ（前期追随層／34・0％）。新しいサービスに関心が比較的高く、この層が取り入れるとき、それは市場に浸透しているといえます。

4番目がレイトマジョリティ（後期追随層／34・0％）。新技術やアイデアには懐疑的。大多数の人が採用していないと食指を動かされません。

そして最後にラガード（遅滞層／16・0％）。最も保守的な価値観の層。流行とかどうでもいい、一般的なチョイスとして定着してからじゃないとアウトオブ眼中！　←イマココ

えっ106歳になるとマーケティングから外されるの!?
生きよう
がぜんやる気が…

そして実は最後の最後に、シノダー（篠田桃紅さん／106歳）という層があることは誰にも知られていません。なぜなら私がいま捏造したからです。

美術家の篠田桃紅さんは著書のなかで、「もう世間が私に向けて商売しようと思わないのよ」ということをおっしゃってました。なぜなら106歳だから。めっちゃラクじゃないですか。市場に普及も何も、はじめからマーケットにされてない層があるなんて！

私の今後の人生における方向性が見えました。目指すはシノダーです。私はこの文庫版を書いている現在、34歳なので、あと72年がんばります！

気楽なお付き合い〜ファッション編

衣類は、ほとんど古着屋さんや、ディスカウント・ショップでベーシックなものを中心に買います。

かつては、いかに多くのスタイルを、安く、しかも人と違うふうにおしゃれに再現できるか、ということに命をかけていました。

つぶれかけの古着屋で買った、たぶん女性物の、丈の短い花柄の100円セーターとか（この古着屋、久しぶりに行ったらやっぱりつぶれてた）。

ロンドンのカーブートセールで1ポンドで買ったウエスタン・ブーツとか。

安いリサイクルショップの中、ではなく店の外の、どうでもいい雨ざらしコーナーで見つけた20円のパティシエ風シャツとか。

ところが最近、服をごっそり断捨離してしまいました。

実際やってみてよかったのは、断捨離しながら「どうして私はこれを捨てられないと思っているのだろう」と、ひたすら自分の内面と向き合えたことです。

それでやっとわかりました。

「私はお金をかけずにおしゃれができるんだぞ」という気持ちの根本にあったのは、自己承認欲求でした。

あとに必ず「だから私ってすごいだろう」みたいな感情がセットになっています。

人間は、自分のことを認められたい生き物なのかもしれません。

だんだん、そういう欲望みたいなものもなくなってきました。

自分がチープシックを楽しめる人間だ、ということは自分が知っていればいいことだし、ことさら周囲にアピールする必要ないかも、と思うようになったからです。

だから今は流行に左右されないスタンダードなものを、各季節だいたい3ローテーション分持っておくくらいになりました。夏は汗をかくのでTシャツだけは多めに持っていますが。個性的な服は合わせるのが楽しいけど、着回しが難しいですからね。

今は楽しさよりラクさが勝つようになりました。

それにしてもオリジナリティに過剰にこだわる時期ってありますよね。「自分は他人と違う」ということが人生の最重要課題で、それを周りにうざったいくらいアピールしたい時期が。

今振り返ると、服は似合っていたと思うけど、自己顕示欲がむんむんだっただろうな〜と思うと恥ずかしいです。

インテリアから見る美的感覚

私はべつにインテリアとかにものすごく詳しいわけではないのですが、常日頃から疑問に思っていて、ちょっとこれは知っておくといいかもしれないということを書きます。

たまによそでテレビを見る機会があると、一般人が自宅でインタビューとかされていることがあります。

そこですごく不思議に思うのは、本人はものすごく念入りに化粧をして髪も整えてあきらかに部屋着ではないおしゃれな服を着ているのに、背景に書類でごちゃごちゃの棚が映っていたりする。そこはキレイじゃなくてもいいのか。

フェイスブックやインスタグラムを見ても、そこに映った自撮り写真が、自分は20回ぐらい撮り直したみたいなキメ顔なのに、部屋に靴下が干しっぱなしだったりする。

色の洪水のような看板だらけの
東京・吉祥寺の街角で、一番目立つのは
看板ではなく

そこはキメなくていいのか。不思議だ……。

　ときどき実家に帰ることがあると、カレンダーが同じ部屋に何枚もかかっている。数えたら4枚もあった。それぞれのカレンダー自体は、きれいな風景だったり、かわいい動物だったりが描いてあって、見ていて楽しいんですけどね。ひとつの部屋に4枚って。どんだけ日付を確認したいのか。

「こんなにカレンダーいる?」って親に聞いたら、「だってもらったもん」。あれかね、空間が空いてるともったいないみたいな感じなのかな。

　これは盲目的に欧米がいいという話で

はないのですが、私は海外をぶらぶらしていたときに、よく現地で知り合った地元人の家に泊めてもらったりしていて、そのときに美的感覚の違いがわかって楽しかったことがありました。

欧米の部屋は、もちろん散らかっている部屋もたくさんあったけど、投げやりに置かれた灰皿すら、色や形や場所を計算されているような、なにか根底に、ある感覚が流れていることに私は気がつきました。

それは調和です。

その国民の美的感覚は、部屋や、もっと大きく言うと街にも、如実に表れるように思います。

欧米の街並みを見てみると、たくさんのモノが、要素が、全体としてみたときに統一感をもってそこにある、という感じなんです。調和していることを美しいと感じる感覚、というのかな。クラシック音楽とかを聴いてもそうですよね。ハーモニー（調和）をとても大切にしている。

部屋も同じで、つねに全体的に均整がとれているか、というフィルターを通過してインテリアを選んでいるようです。

これは想像ですが、雑貨ひとつ買うにしても、自分がそれを好きかどうかにくわえて、これを部屋にどう配置すると美しく見えるか、ということに自然に気を配っている。

というか、現在の私は買物をするとき、必ずそこを考えます。

もっといえば、どんなインテリアにするかということを、インテリアだけで考えるのではなく、自分の生活の一部としてとらえている。

主体は自分にある、だから自分の大切にしているものと合わないなら、かわいくても何でも、気持ちいいくらいサッパリとあきらめられるのです。部屋を自分に合わせているような感じ。

これは私も自分の部屋のインテリアを作るときは大いに参考にしています。

私の部屋は白壁で、床が茶色いフローリングとグレーのカーペット。なのでこの3色を基調の色として、大きなインテリア用品（カーテン、テーブル、椅子、棚、家電など）を選ぶときはこれらと同じか類似した色を選ぶようにしました。

ここで冒険は絶対にしない。失敗してもさっさと買い換えられるわけじゃないんですから。

こうすると、びっくりするぐらい部屋がスッキリして見えます。

で、残りの1割ぐらいを、小さなインテリア（ゴミ箱、花瓶、写真立てなど）で遊ぶという感じにしています。

私の部屋の場合は収納がないので、壁にかけた帽子や上着がこれにあたります。というか、放っておいても勝手になんだかんだと基調色以外の色は入ってくるので、実際は遊ばなくてちょうどいいくらいかも。

と、まあこんなふうに、部屋のなかに調和を取り入れたりしています。

さて、部屋のなかの調和に関して、日本人の場合はどうでしょう。

インテリア用品を買うとき、自分が気に入っているかだけしか見ていないように思うのですが、どうでしょうか。

部屋に帰ってからどこにどう置くとか、全体のバランスはあんまり考えてなかったりしますよね。私も昔は、もらったポスターとかとにかく部屋に貼ってましたからね。

だから親のこと言えないんです。

あとは、企画・デザインの時点で、調和ということをあまり考えられていない気もする。

ＩＫＥＡなんかに行くと、インテリアから子ども用のおもちゃ類にいたるまで、あんなにたくさんの色を使っているのに、適当に買ってもなんとなくおさまりよく見えるのは、調和しやすいように色のバランスがはじめから考え抜かれているんですね。日本のブランドのものは、なんとなく自分の主張だけが強すぎる感じ。自分がかわいければいい、というか。

これだけたくさんインテリアの本が売っているのに、インテリアのことだけしか見ていないから、どうにもちぐはぐな感じがしてしまう。インテリアが先行してしまって、自分がどういう人間なのかをすっとばしているっていうのかな。

風水とかもそうだけど、小さなワンルームに住んでて、西に黄色もクソもないです。

これは街を歩いていてもそう思う。

看板ひとつとっても、他の看板とケンカしあわないような配慮は感じられません。

自分がよければいい。建物も、素材も色もほんとに自由！　だからこそ生まれる原宿ファッションみたいな文化もあると思うから、これは一概にいいわるいとは言えない。

とかいいつつ、田舎の電車に乗っていて、こんなにのどかで一服の絵画のような田園風景のなかに、わざわざ中途半端に看板出さなくてもいいじゃないか、と思うこともあります。

でも、ヨーロッパの街並みを美しいと思う一方、雑多な東京の高円寺の商店街とか、インドのオールドデリーのスークの混沌に、どうしようもなく惹かれてしまう自分もいるのです。

なんてふしぎに思っていたら、先日読んだよしもとばななさんの『もしもし下北沢』という小説の冒頭で、それにズバッと答えるようなフジ子・ヘミングさんの言葉が紹介されていました。

「なにも考えないで広がるにまかせた雑念とした街のつくりが、ときにとっても美しく見えるのは、鳥が花を食べたり、猫が見事な動きで飛び降りるのと同じ、人の乱雑な汚さのようで、実は人の無意識のきれいな部分のような気がする。何か新しいことをはじめると、最初は濁っている。だがやがてそれは清流になり、自然な運動の中で静かに営まれていく。」

うーん、すごい。私が高円寺やオールドデリーのカオスに感じていたある種の美しさが、そのまま表現されていると思う。

結局、それぞれの美しさがあるってことなんでしょうね。

部屋のインテリアのことから、かなり広がってしまいましたが、要するに美的センスの話です。

全体的な視点を持つと、インテリアでも迷子にならず、バランスよく考えられるようになるんじゃないでしょうか。

気楽なお付き合い～人間関係編

よく「来るものは拒まず、去るものは追わず」と言いますが、私の場合はちょっと違います。来るものはてきとうに拒み、去るものは追いません。

付き合いは非常に悪いです。

自慢じゃないが、遊びの誘いはばんばん断ります。

メールが来ても、なんなら返事も出しません。

そもそも、初めから人に近づかない。野良猫のようにめちゃめちゃ距離をとります。

距離をとることの利点は、他人にあまり腹が立たなくなることとです。

たとえば家族でも友人でも、近くにいすぎるといまいち距離感がわからなくなり、「なんで体調悪いのに病院行かないんだろう?」とか、「彼女でもつくればいいのに」とかいう瑣末《さまつ》なことが気になって、ちょっとおせっかいなことを言ってみてはウザがられる場合があります。

ところが適度に離れていると、「それは他人が決めること」という基本的なところを見失わずに済みます。

また職場でも、正社員になるとやる気上司と毎日顔を突き合わせなくてはなりませんが、週に2回ぐらい会うだけのバイトの身分なら、まあ許せるし。

そして至近距離にいたときは、絶対に自分だって無意識に他人をイラっとさせていたに違いないのですから、そんな自分のこともついでに許すことができれば、もうこれからの人生はバラ色です。

私は隠居をし始めてから、家族や友人や街ゆく変な人にも、腹を立てることが激減しました。

穏やかな凪のように毎日が過ぎていきます。

きっとこんな私は、「べつにお前なんか初めから相手しねーよ」と遠くから思われていることでしょう。

でもいいのです。

歳を重ねると（いや若い頃からだけど）、もういろんなことがめんどくさい。

私はひとりで放っておいてもらえると、すごくイキイキします。もうルンルンです。「水を得た魚」ならぬ、「孤独を得た隠居」です。

そんな努力も虚しく、知り合ってしまった場合は、それとなく、誘われたくないオーラや、話しかけるなオーラを出しておく。

用事があったらこっちから行くからほっとけオーラを。

だいたい、20回ばかり誘いを断った程度で疎遠になる人は、たいした用事じゃなかったんだな、くらいに考えています。

本当に残る人は、それでも残るもんです。2、3人いればけっこう人生は楽しい。

だいたい昔からひとりでいるほうが好きだし、全然苦になりません。

学生の時分から登下校とか、トイレに行くのも、ひとりで平気だったので（後者はむしろひとりで行かせてくれ）、もともとそういう質《たち》なのでしょう。

こういうふうに、社交もせず、目立たず、控えめに暮らすライフスタイルのことを、ロープロファイル（Low Profile）と呼ぶそうです。

前世はお坊さん⁉

国内外問わず旅先で、ここには初めて来たのに、なんとなく懐かしいな、と思うことはありませんか。

私は世界中をほっつき歩いていたとき、そういう場所が二つありました。

一つはロンドンです。

そこで知り合ったバスク人と話していたとき、私が不意に言ったことがありました。

「ロンドンって来たことなかったけど、なんか懐かしい。前世で住んでたのかもね」

すると彼は言いました。

「さあ。僕は生まれ変わりを信じてないから」

それを聞いて驚いたのなんのって。

生まれ変わりって、あるという前提で話をしていたけど、信じるとか信じないとか、まずそういう段階があるんだということに、ショックを受けました。ま、よく考えたら日本人だって信じてない人もたくさんいるでしょうけれど。

あとから調べたら、輪廻転生っていうのは仏教の教えなんですね。日本では、「生まれ変わったら○○になりたいわー」みたいな会話を日常的に耳にするから、すっかり全世界共通の認識かと思っていました。井の中の蛙《かわず》もいいとこです。こういうことを知って、日本を外から眺められるのも、海外旅行の楽しいところなんですが。

そこでバスク人の彼に聞きました。

「じゃあ、何を信じてるの？」

「自分」

この解答、いいですよね。以来、私もときどき真似しています。

ともあれ、私は前世や来世が、あるといいなと思っています。

証明するのはどうやったってできないだろうけど、行ったことのない場所なのに懐かしい、と思ったことは事実。まあそういうこともあるだろう、と思ったほうが、正しくはないかもしれないけど、おもしろいじゃないですか。

今回は日本に生まれたけれど、前世ではどこで誰と何をしていて、どんな生活を送っていて、それが現世とどう関わっているのか。思いを馳せていると楽しいです。

生まれ変わってもまた会おう、なんて、かわいいしな〜。死ぬときだって希望が持てそうです。人間は希望を持つとイキイキしますから、輪廻転生って人間の願望から生まれたものかもしれません。

以前、霊感の強いOLの友人、スジャータ女史の家に泊まったことがありました。スジャータ女史は、霊感が強すぎて勤める先々でパソコンや電気系統が原因不明の故障を起こしまくり、必ずクビになるという経歴の持ち主です。

ほんとかどうか知りませんが、スジャータ女史は夢で他人の前世がわかるらしく、寝る前に、最近働き始めた会社の上司の前世を夢で見た話をされました。

それで、「じゃあ私の前世は何？」と聞いてみましたが、スジャータ女史はう〜ん、わかんない、とのたまうではありませんか。

なんだ、インチキか？　と訝しげに思って訊ねると、こう返ってきました。

「ふつう、人って前世のオーラっていうか、生活感をまとってて、それでなんとなくわかるんだけど、ヘンリくんは生活感が全然見えないの〜」

前世がないとか、今回初めて生まれたとか、そういうことでしょうか。

なんか特別な人っぽいじゃないか。私はきっと天上界から遣わされた天使に違いありません。

しかし、よく考えたらスジャータ女史は、人の自尊心をくすぐるのがうまく、褒めておだてて付き合っている男を意のままに動かすことなど朝飯前というシャーマン・ガールなのでした。私は一抹の警戒心を胸に就寝。

翌朝、スジャータ女史はガバッと起きるなり、言いました。

「ヘンリくんの前世がわかった！」

「あ、天使かな？」

「ブー。お坊さん」

「……」

夢のお告げによると、私は前世、インドかどこかの山奥で、檀家《だんか》もいないような小さなお寺に隠居して、オリジナルのお経を作ったり、書や絵を描いたりしてのんびり暮らしていた、ということです。

お坊さんなら、たしかに浮世離れしていて、生活感はなさそうですが……。

ちなみに後日、占星術の先生にも「あなたの前世は坊主です」と言われました。

この先生がみたところによると、私はもともとインドあたりで何かの宗教団体に所属し、尊敬する師の教えを忠実に守り、断食などの荒行を実践していたそうです。しかし、そのうちに違和感を感じるようになり、異端視されはじめ、ひとしきり牢屋に入れられるなどソフトに拷問されたのち、脱退。その後は人間関係のしがらみを離れて山の中でひっそりと暮らし、ひとり寂しく生涯を終えました、とさ。

スジャータ女史の夢のお告げと内容がかなりかぶります。前世でも世を捨てて隠居していたなんて、人は生まれ変わっても同じことを繰り返すのでしょうか。

何の因果か、今回も資本主義という現代の宗教に背を向けた破戒坊主の役を仰せつかってしまいました。

私だって、たまには長いものに巻かれて人生を送りたいです。

ところで袈裟《けさ》を着た人がポルシェとかベンツを乗り回してブイブイいわしてる昨今（もちろん真面目なお坊さんもたくさんいると思いますけど）、もし私が出家していたら、まれに見る無欲で優秀な愛され坊主になって、ありがたがられまくること請け合いでしょう。檀家まで電車でＧＯ！　みたいな。

でも出家していないというだけで、現在、傍目《はため》には反社会分子と同じポジションです。ただひっそりと、無欲ライフをエンジョイしているだけなのに……。世の中って不思議です。出家というのは、まるで免罪符みたいですよね。

べつにそんな免罪符いりませんけど。

免罪符で思い出すのは、ヘルマン・ヘッセの『シッダールタ』を最近読みかえしたときのことです。

ひきこもっていたときに初めて読んだのですが、大人になってから開いてみたら全然印象が違いました。

バラモンの子であるシッダールタが、人間として本当の幸せとはなんなのかを求めて、出家して荒行してみたり、世俗の欲望に溺れてみたりして、やがて時間を超越したところに真の幸せがあるのだ、ということを川の流れに教わる。

額面通りに読めばそういう話です。

大人になった私が再読したところ、生まれながらに類まれなる美貌を持ち、裕福でみんなに愛されたシッダールタというひとりの自分勝手なゲイが、人生がつまんなすぎて出家して家族を捨て、せっかく仏門に入ったのに気まぐれに仏道を捨て、ついでに一緒に苦行を耐え抜いてきた親友も捨て、女のひとを孕ませた挙句にやっぱり捨て、最後に親友と川辺で再会して、男性同士で口づけをしてハッピーエンド♡

修行って言っとけば何でも許されるよね〜♪みたいなとんでもない話のように感じました。

……なぜ私はこんなに薄汚いひねくれた人間になってしまったのでしょうか。本は自らを映し出す鏡のようです。

自分勝手なとことか、出家してみたけどやっぱ辞〜めたとか、畏れ多くも前世の私に若干似ているような気がしなくもないです。

ていうか、そもそも前世とか占いなんて、自分の都合のいいように利用しとけばいいんですよね。どんまい。

「人生はいいとこ取り」がモットーのヘンリです。ありがとうございます。

隠居食のこと

ネットで、禅寺での修行体験記を読んだら、寺の食事メニューが 私のと まったくいっしょだった。

忙しいとないがしろになるもの

今の暮らしからは想像もつかないことですが、私も地元愛知県で高校を卒業したあとの一時期、世間の人と同じように週5〜6日、働いていたことがあります。派遣社員として、工場で業務用のエアコンやリフトの部品を作ったりしていました。

労働環境はいいとは言えませんでした。

正社員でさえ3〜4台がいいところなのに、私は多いときには7台の機械をひとりで回し、休憩する時間も返上して走り回らなければならないくらい忙しく、通路の前を正社員がタラタラ歩いていたりすると、こっちはお前みたいに暇じゃねーんだよ‼と怒鳴り散らしたくなる。

大変なのは機械が止まってしまったときです。

破れそうになっている蛇腹のホースをビニールテープでぐるぐる巻いて補強するとか、応急処置程度なら自分でできますが、技術的な問題で機械が止まってしまうと、リーダーに頼んで直してもらわないと機械が動かせません。

ところがリーダーも忙しく、呼び出しをかけてもなかなか来てくれない……。

ただでさえひとりで7台も動かして手一杯なのに、1分でも機械が止まると仕事が終わらないのは明らかだし、次の加工現場に間に合わずに迷惑がかかります。

やがて現場監督からド叱られたリーダーが、力のない派遣社員の私に当たり散らし、一体私はどうすれば？　という状態でした。

もちろん仕事は終わらずに果てしない残業へ……。

こういう状況を解決するのがリーダーの仕事じゃないのかしら、などと疑問に思いつつ、若かったからうまく伝えられないし、労働監督署に相談することも知らないし、だいいちストを起こす勇気もないし。

もうずいぶん前のことなのに、ちょっと思い出しただけで心の中がドロドロします。今思うと、余裕もなく、精神状態も悪かった。

忙しいときは、残業も含めて毎日12時間以上走り回って働いて、働いているだけでただ過ぎていくような日々でした。

そんな状態ですから、仕事が終わる頃には、何をする気力も残っていません。

家には寝に帰るだけ。休日も疲れているのでひたすら寝て過ごします。遊びに行くにしても、明日も長時間労働かもしれないことを考えると、体力は温存しておきたい。当時はまだ20歳くらいで実家暮らしでしたから、炊事や洗濯こそ母親が代わりにやってくれたものの、これが一人暮らしだったら、と思うとぞっとします。

自炊したくても出来合いのものを店で買ったり、外食したりしなければならず、せっかくの残業代は目減りしてしまう。

休日だって家事は誰もやってくれないから、休みたくても自分でやらざるを得ない。だから、そんなときに、自炊をして節約しよう！ とか、未来のために選挙に行こう！ とか言われても、「何言ってんの？」ってなもんです。

今日も明日もめちゃくちゃ働かなきゃいけない身空には、自炊も未来もへったくれもありません。

ずっと働いていると、そんなこと考えてる時間も余裕も奪われてしまいます。一人暮らしならなおさらでしょう。

それでもまあ、仕事だしな、と無理やり折り合いをつけながら続けていました。

しかしあるとき、このままずっと働いて、無駄にすると思われる時間やお金を勘定してみたら、なんだか人生がもったいなくなって、結局、派遣会社は1年ちょっとで辞めました。どう考えても割に合わないし、やってられません。

以前、20代の知り合いにこの時期の話をしたら、「12時間労働？　そんなのフツーだよ」と一蹴されてしまいました。

フツーじゃない場所にいると、それがフツーになってしまう。すごく怖いことですが、今は珍しくもないことなのだと思います。

若者の政治離れや、食生活の乱れが取りざたされる昨今ですが、そもそもそんなことに構っていられる余裕がない若者もたくさんいるに違いありません。実際、忙しい現場で働いてみて、そう感じましたから。

ヒマになると、食に興味がわく

それ以来、社員と名のつく仕事はしたことがありません。
肩書きは気にせず、人に迷惑もかけず、食べていくのに十分なくらい働いていれば
とりあえずよし、ということにしました。
すると今までないがしろにしてきたものに目がいきます。
それが食でした。
たとえばスーパーに行ってみると、なんで同じうどんがこんなに値段が違うのか。
なんで日本で作れるものを、わざわざ外国で作らせて空輸までして、そんなに手間
ひまかけたのに国産より安く売れるのか。
なんで夏野菜が冬でも売っているのか。
オーガニックってどういう意味？　などなど。
上記のような疑問は、今は調べれば簡単にわかることですので、ここでは書きませ

んが、とにかく、体にいいものと悪いものがあったら、いいものを食べたい、と思うのが人情です。

それまでは昼食に菓子パンとか、カップ麺、コンビニ弁当で済ませていたときもありました。

が、インターネットや図書館でものの本などを読んでみるうちに、私もどうせなら体にいいものを食べたいな、と自然に気持ちが動きました。

私は高校を卒業するまで料理などまったく作ったことがありませんでした。料理は食卓に勝手に出てくるものだったからです。

だから当時は、料理の知識なんてまったくありません。肉を焼くのに油をひくの？　どの油をどれくらい？　くらいのレベルでした。

本当に、恥ずかしいくらい何も知らなかった。

それでレシピ本を買ったりして、自分で作るようにもなりましたが、生来のめんどくさがりのため、できるだけ難しいことはしたくない……。

長い時間をかけて、いろいろ試してみて、行き着いたのが、一汁一菜を基本とした粗食でした。

粗食は意外にラクだった

私が粗食を実践している一番の理由は、ラクだから、です。

これ、意外じゃないですか？

「粗食は古き良き日本の伝統的な食生活」などと聞くと、だしをとったり、時間がかかるしめんどくさそう……、と私もはじめは尻込みしまくりでした。

ところが、総合的にはこれが思ったより手間ひまかからなかった。実際自分でやってみて、感じたことを以下に挙げてみます。

①質素が基本だから、何品も作らなくていい

バランスの良い食事の目安として、一日30品目とか言われますよね。

これを本当に実践しようとしたら、それこそ何品も作らなければいけない。

食材もたくさん買う必要がある。しかも、それらをきっちり管理して使い切らなければお金と手間が無駄になってしまう……。

私は雑な性格なので絶対に無理です。

粗食は玄米菜食が基本で、野菜の皮も丸ごと食べる完全食なので、栄養バランスが良く、何品も摂る必要はないのだそうです。

おかずが一汁一菜だけでいいなんて、最高にラク！

②洗い物が少ない

これはもう言わずもがなです。

作る料理の数が少ないのだから、洗う調理器具や食器の数も自ずと減ります。

しかも、油をあまり使わないので、洗剤もほとんど使わなくていい。

ゴシゴシこする必要もないからラクだし、洗剤もほとんど買わなくていいし、スポンジも長持ちするので経済的。

③献立や買い物に頭を悩ませる必要がない

家で食べるときは、多少のバリエーションはあるにしても、メニューは毎日だいたい同じです。

だから使う食材も決まっているし、お店で「この特売品を、あの冷蔵庫の残り物と一緒に使って……」などとアゴに手をあてて考える必要もありません。

特売品を毎日チェックして、一円でも安い店を探すような根気はないので、とくに気にしないことにしています。

さらに、いつも行くお店は決まっているので、食材の場所もわかっているし、買い物も超速で済ませられます。

以上の理由から、粗食はものぐさな私にぴったりでした。

でもね奥さん、ここまではあくまでも、私の場合。

マクロビとか玄米菜食は、一般的に体にいいとされてますが、個人差ってありますよね。食事療法を医者にすすめられたとかならまだしも、玄米が嫌いということなら、食べないほうがよっぽどハッピーだと思うんですけど。

だからってジャンクフードばかり食べるのもいかがなものかと思いますが、今はさまざまな食材があるから、栄養面でも十分カバーできるはず。

健康というだけで嫌いなものを我慢して食べ続けたら、それこそ精神を病みそうです。

せっかく現代社会にはいろんな思想や健康法があるのだから、食に限らず、自分に合うものを探して実践したらいいのになー、と思います。

私は玄米の味も食感も好きなので、基本的に家で食べるときは玄米菜食。でも外で食べるときは気にしない、というスタイルです。

だって、せっかく自分のために作ってくれたものを食べないのは申し訳ないし、旅先で名物が肉料理だったら、食べないともったいないし。

料理って、その土地で生まれたという文化的背景が必ずあるわけで、それを味わうことも含めて旅みたいなもんだと思うので。

何を信じて実行するかは個人の自由ですので、もちろん私がとやかく言うことではありません。

ただ、ちょっとでも自分の信条を否定されると許せない、同じ信条じゃない人間はありえない、みたいになっちゃうと、生きにくいだろうな、とは推察します。

たとえば、マクロビ＝自分みたいになっちゃうと危険信号。信じすぎて、自分の存在意義みたいなものまで預けてしまいたくなったら、ちょっと立ち止まってみるのもいいかもしれません。

やっぱり、「いろんな人がいるよね」くらいにてきとうなのが一番楽しい。

私はといえば、粗食を実践してはいるけれど、主義に走ると不自由な気がするので、その時どきでてきとうにしています。

健康的というのは、大事なことだとは思いますが、それに自分が振り回されるのは心の中が不健康ですものね。

健康は粗食の副産物、くらいに思っておくと、実にラクです。

粗食のいいとこわるいとこ

私はもともと規則正しい生活スタイルでした。ただし夜型の。

毎日昼過ぎに起きて、ごはんを食べ、近所の公園でタバコを吸いながらコーヒーを飲み、家事をして、夕方になると仕事に出かけ、夜遅く帰ってきて、午前2時とか3時に就寝。

喫煙は一日1本くらいですが、香り高い苦めのブラックコーヒーに合わせるのが至福の時でした。

しかし、玄米菜食が基本の粗食を始めてから、ゆっくりとですが体と心のいろんなことが変わっていきました。

これも、以下に箇条書きにしてみます。

①早寝早起きになった

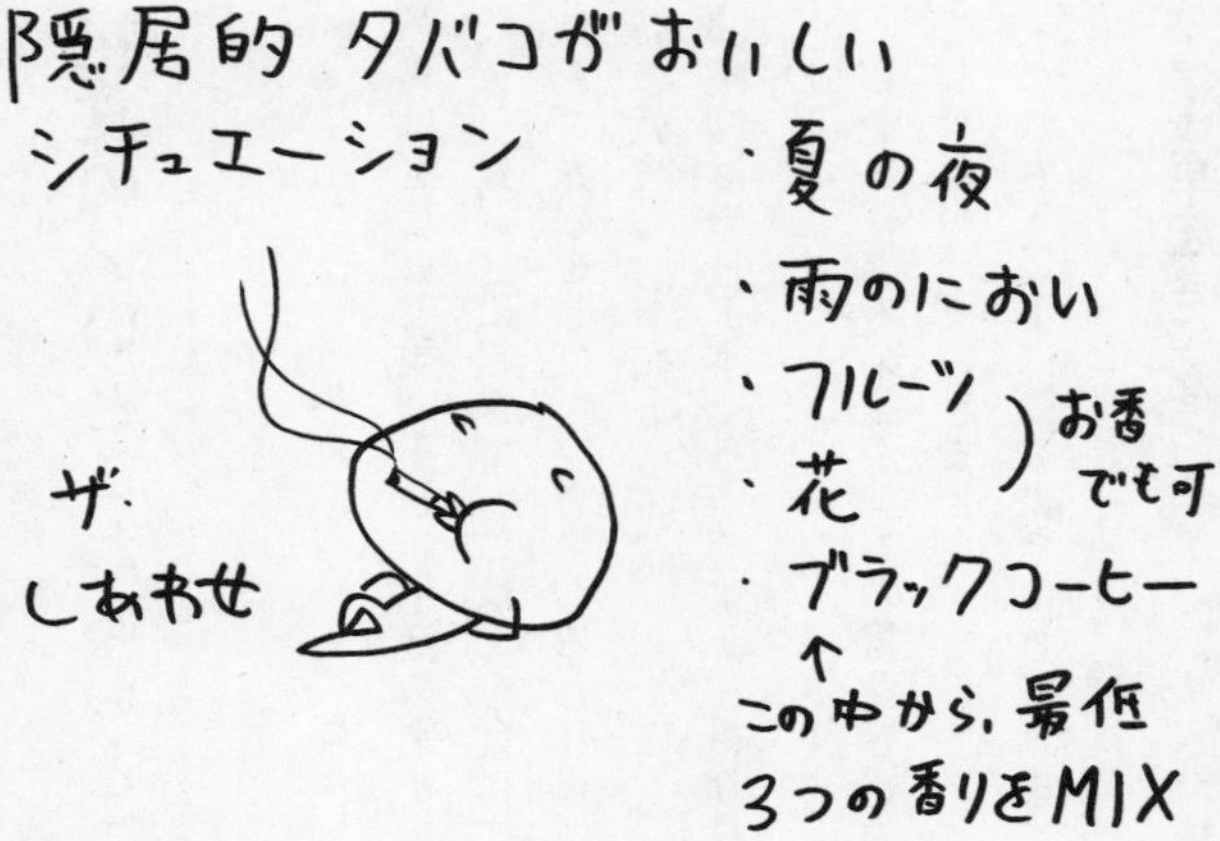
隠居的 タバコがおいしい
シチュエーション
ザ・
しあわせ
・夏の夜
・雨のにおい
・フルーツ
・花
お香
でも可
・ブラックコーヒー
↑
この中から、最低
3つの香りをMIX

これは玄米菜食にしてから1年以上かけてゆっくり変わっていったのですが、とくにきっかけがあったわけではなく、気がついたら朝方の生活スタイルになっていました。

太陽が昇ると目が覚め、沈むと眠くなる、という自然のリズムに、ずれた分だけの時間をかけて体が逆戻りしていくようです。

これは本当に嬉しいおまけでした。何より気分がいいし、一日が長く使えます。

②タバコが要らなくなった

私はもともとそんなにタバコは喫《の》みませんが、たまに欲しくなるとハイライトを吸っていました。

なぜハイライトだったかというと、敬愛する椎名林檎さんがハイライト愛好者だったから、という単純な理由です。

要するになんでも、どうでもよかったのです。

次第にタール17㎎というのがどうにも重く感じられるようになり、だんだん軽いものにシフトし、最終的にほとんど吸わなくなりました（のちに、椎名さんも脱喫煙されたようです）。

今ではごくたまに、おいしいブラックコーヒーを飲んだときや、夏の夜に公園へ出かけたりしたときに、ボーっと吸いたくなるくらいです。

おいしくないと意味がないし、普段はまったく吸いたいと思いません。

③慢性病の症状が軽減した

私は中学生の頃に花粉症を発症してから、とくに5月の初め頃になるとくしゃみや鼻水が止まらなくて困っていました。

私の地元はお茶の生産地であり、新茶の季節になると中学校全体で茶畑に大挙して押しかけ、一日中茶を摘まなければならない、という地獄のような強制労働イベントがあったのです。

茶畑で私はくしゃみ鼻水が止まらなくなり、今思うとあれが花粉症の始まりだったように思います。

玄米菜食にしてからは、完全にとは言いませんが、ピークの時期に症状が出るくらいで、だいぶ軽くなったように思います。

くしゃみや鼻水がたまに出ると、「あ、そういえば花粉症だった」と思い出すくらいです。

また、私はあるときから腕に変な形の小さなイボができ、それがだんだん色が濃くなり、何年も少しずつ増加と肥大化を続けていました。

特に痛みもないし、たまにエイっと爪で剝がしたりして、また再生するのを見て遊んでいたところ、ガンの経験者から「そのイボ、ほうっておくと皮膚ガンになる可能性があるよ」と脅かされ、瞬間的にビビったものの、やっぱり聞かなかったことにしました。

ところがあるとき、ひさしぶりに爪ではがしちゃうぞ～と腕をまくったら、イボが忽然と消えているではありませんか！

今でも本当に不思議なのですが、それ以来イボはまったくできず、跡もすっかり消えてしまいました。

さらに、これは私の場合なのですが、驚いたことに、爪水虫も治りました。これは自分で気がついていなかったのですが、そういえば右足の小指の爪が変に厚く、濁った色になっていました。

あるとき皮膚科のポスターで紹介されていた「爪水虫の症状」と件《くだん》の爪がそっくりなのでそれと知れたのですが、これも痛みもかゆみもまったくなかったので放置。で、ある日、足の爪を切ろうとしたら、普通の爪になってました。

ただ、これはしばらく玄米菜食をサボるとまた復活するようなので、勝手に規則正しい食生活ができているかのバロメーターとして利用させていただいてます。

私は医者ではないので、玄米菜食との因果関係など詳しいことはわかりません。

ただ、これらの症状が治ったり、軽減されたりした間に私の生活に変化があったことといえば、食生活を切り替えた、ということだったのです。

というわけで、次はどんな玄米菜食イリュージョンを見せてくれるのでしょうか。追って報告したいと思います。

④精神的に安定した

個人的などうでもいいことでは、すっかり怒らなくなりました。

怒るとものすごくエネルギーを奪われますよね。許せないことがあると人は怒りますから、許せる範囲が狭い分だけ、しんどい気がします。

社会的なことで怒りを感じることはありますが、個人的なことなら、ほとんど「まいっか」で済ませてしまいます。

べつに聖人ぶっているわけではなく、ただ単純に、そのほうがラクだからです。

超ハイブリッドな省エネライフです。

だいたい私の口癖って、「まいっか」「めんどくさい」「どうでもいい」「無理」「てきとう」「疲れる」ですからね。こんな聖人はいません。

たまに、怒ったり、威張ったりすることで周りを萎縮させ、自分だけなぜかイキイキしている人がいますが、あれはどういうことなのでしょうか。

この種の人はそばにいると疲れる場合が多いので近づかないようにしています。

⑤過剰な欲望が減退した

たとえば性欲って、意味があるから備わってるんだろうけど、持て余すほど過剰だとしんどいですよね。

男性はとくにそうだと思いますが、性欲がたまっていると仕事も何も手につかない！　とにかくヤリたい！　みたいなことがときどきあります。でもセックスは相手あってのもんだし。ここが、たまに独り身のつらいところです。

食欲や物欲もありすぎると苦しいし。

私は玄米菜食にしてから、こういった欲望に悩まされることがぐーんと減りました。ときどき、社会的に地位のある人が、痴漢みたいな性犯罪で逮捕されることがありますが、あれも欲望のマネジメントができていないことになるのかもしれません。適度な欲望はキープしつつ、過剰な分は抑えるに越したことはありません。

さて、いいところばかりを書いてきましたが、もちろん全能というつもりはありません。なので、粗食を実践して困ったところも書いちゃいます。

ずばり、欲がなくなる、ということです。

これは、⑤が行き過ぎた例。

過剰な欲望が減退する、というより、欲望が過剰に減退することがあります。

基本的に、欲はないほうがラクなのですが、大事な局面のとき、アグレッシブさをプラスしたいときにはお肉をいただくことにしています。受験生が験担《げんかつ》ぎにカツ丼食べる、みたいなのと同じことかもしれません。

草食動物はビクビクしているし、いつも逃げている印象がありますね。

ですが私は人間なので、やらなきゃならない、どうしても越えなければならない壁にぶち当たることもごくたまにはあるのです。

そういうときにやる気を起こさせる発奮材料として、お肉をいただきます。必要な野心や向上心までなくしてはいけません。

これは実は、女優の夏木マリさんのラジオにヒントを得たものです。

夏木さんは、「舞台やライブの前には必ず肉を食べる。攻撃的になることを、体が要求するのがわかる」とおっしゃっていました。

私の場合は、ほっとくと体がまったく要求してこないので、お肉をいただいてアグレッシブにチャンネルを合わせていく、という感じなのですが。

例外として、厳寒の季節にたまに食べたくなることがあります。そういえば冬を乗り越えるって、アグレッシブな感じがする表現ですよね。

そんな感じで、これからもデフォルトは草食、オプションで肉食です。

ハイみなさん。

ここまで書いたら、「この人、セックスの処理はどうしてるの？」とお思いのことでしょう。

え、誰もそんなこと知りたいと思ってないですか？

でも書かないと、この本を買うのに身銭切ってくださった方に申し訳ないかもしれないので、エアリクエストに勝手にお応えしたいと思います。

正直、肉を食べないと性欲は減退します。

性欲って肉欲とも書くくらいですものね。性と肉には密接な関係がありそうです。

私は玄米菜食にしてからパンダよりちょっと勝《まさ》ってるくらいに性欲が落ちました（パンダは年に1～2回しか発情しないそうです）。

仏僧たちの食べる精進料理に肉が入っていないのは、肉を食べると肉欲がつく、というのを知っていたからに違いありません。

ですので、私はデートの前には肉を食べ、叶恭子お姉さまのヤリまくった体験を赤裸々に綴った名著『トリオリズム』を読んで、しっかりとリビドーを高めてから出陣することにしています。

普段の性欲は、電車を待つときなどイケメンの後ろにポジショニングするくらいで解消されます。

あ、ちなみに私はゲイなので、性の対象が男性です。とくに隠してはいませんが、自分から吹聴するのもおかしいし、今みたいにセクシュアリティの話になったら、黙ってるのも変なので正直に答える、くらいにしています。

え、隠居とゲイの因果関係…？　うーん、ないと思います。

健康が一番の節約

健康でいることが、長い目で見れば一番の節約になると思っています。目先の安さに惑わされて悪いものを食べ続けて、結果病気になってしまったら、節約もあったものじゃありません。

そのときにかかるお金と時間と体力を考えると、健康でいるためなら、少しくらいの出費は辞さないことにしています。

仕方がない場合はさておき、できる限り、自分の面倒くらい自分で見たい。

医食同源という古くからの言葉もあるくらいですから、普段口にするもので体調を整えていくことはできるはず。

ですから私は大根など、なるべく無農薬のものを買って、皮はむかずにそのまま調理しますし、葉っぱもゆがいてごま油としょうゆで炒めて食べきります。

かといってすべての食材を、オーガニックとか無農薬にしていたら、私の今の経済力では破産してしまう。

そこで、無理のない範囲で、添加物の入っていないものや、国産のものを選ぶようにしています。

でももし金銭的に難しい場合は、さっさとあきらめると思います。

普通のスーパーでも、よく見ると、同じくらいの価格帯で、国産や化学調味料が無添加のものがけっこうあります。だから食品表示でわかる範囲で確認するくらいで済ませます。

お金はあるけど時間的に難しい、となったら、これもさっさとあきらめて、別の方法を探します。今は食材の配達サービスもありますから、そのなかから国産や低農薬にこだわったものを選ぶとか。

健康のために、完璧にしなくても、自分の置かれた状況で少しずつできることってあると思います。

一番大事なのは、無理がないこと。

とはいえ、私はまだ20代ですから、「健康でいることが一番の節約」になるかどうか、あと30年くらい生きないとわかりませんが。

これから人生をかけて、答え合わせをしていきたいと思います。
ほんとに、伊達や酔狂で隠居はできません。
隠居は一日にしてならず、です。

おいしい野草生活

ずっと不思議に思っていたことがあります。よく近所を散歩していると、庭に植えた柿の木や、ぶどうの木に実が生っているのに、全然収穫されず、そのまま鳥についばまれたり、腐って落ちてしまっているところを目撃します。

他にも、ヨモギやツクシやギンナンなど、季節になるとそこらへんでタダで拾ってこられるものが、結構な値段をつけられてスーパーに並んでいます。売れるから置いてるんでしょうけど、なぜタダでありがたく手に入るものにわざわざお金を払うんでしょうか。

食べ物は、スーパーで買うもので、そのへんで採ってくるものではない、という考えなのでしょうか。なんか不自然。

昔の人は木の実とか、野草とか、山菜を食べて生きていたんじゃないのかしら。

そこで隠居を始めてからものの本などを少しずつ読んで、野草を採ってきて食べるようになりました。

私は昔の人じゃないし、山に住んでいるわけでもないので、東京にいながら、できる範囲で野草狩りを楽しんでいます。

多摩地区は東京とはいえ自然の多いエリアで、注意して見てみると、本当にそのへんに、食べられる野草が生えているのです。

きちんとアクをとり、食べてみると、まあ野趣あふれる味といいますか、生きている喜びに満ちあふれているなあ、という感じでした。素性のよくわからない遺伝子組み換えや、農薬とも無縁だし、言うなれば超オーガニックですよね。

しかも自然は閉店するということがありません。24時間年中無休の青空スーパーがそこらじゅうにあるようなもんです。

もちろん、普通のお店で買う野菜も、都合よく食べてますけど。

既刊本を読んでくださった方には、重複する部分もありますが、ここで、私が実際によく近所で採ってくる野草とその調理法を文章とイラストで紹介したいと思います。

ちなみに、採取する場所や時期は自分の体験に基づいていますので、年や地方によってバラつきがあると予想されます。どうぞみなさんも自分の足で行って、自分の目で確かめてください。

ヨモギ～どこにでもいる、最も身近な野草

3月の初めくらいから、もうそこいらじゅうで見かけます。食用にはちょっとアレですが、甲州街道沿いにも、アスファルトを突き破ってたくさん生えてます。

食用にできるのは、やわらかい若葉のうちなのですが、この若葉が猛毒草ヤマトリカブトのそれと似ているとか。

と、ここでビビるのは知識だけの頭でっかち。

実際、行ってみるのがポイントです。

よく見れば、ヤマトリカブトは葉っぱが掌状に生えているのに対し、ヨモギは天に向かって葉っぱが伸びています。ヨモギの葉の裏には、白い産毛がびっしり生えています。

他にも、食べられるものは、ちゃんと虫が食っていたり、ちぎって揉むとあの草餅と同じ匂いがしたり……。都会生活ですっかり衰えた五感を総動員させる感じがまた

気分がいい。

たぶん、ヨモギとトリカブトは本当に同じ場所に生えているので、カマとかで一気に刈ったりすると、紛れ込んでしまう場合があるのかな、と察します。一枚ずつ、きちんと確かめながら手で摘んでいれば、間違うことはかなり少なくなるはず。

身近に野草に詳しいおじいちゃんとかがいれば、一緒に行ってもらうのが一番ですかね。ヨモギは、食用だけでなく、もぐさにも使用され、数多くの薬効があります。

葉っぱを揉んだものを傷に当てて止血したり、干したものを風呂に浮かべれば、体を温めたり、毒素を排出してくれるそうなので、私も成長したヨモギはてきとうに刈ってきて、いつでも使えるように陰干ししています。

栄養素でいうと、食物繊維、カロチン、ビタミン

白いうぶ毛が、裏面に
びっしり生えている。

Kなどが豊富に含まれています。便秘の解消、抗発ガン作用、貧血を予防・改善し、血液をきれいにする、デトックスやダイエットなど多方面に効果があるそうです。

野草は苦みもあるし、私は一気にたくさんは食べないので、保存食にして、いつでも少しずつ食べられるようにしておきます。ヨモギは、たいていふりかけみたいにしておきます。

調理法

①まず、採ってきたヨモギを半日ほど天日に干します。
②塩茹でします。
③水にさらします。
④醬油を少し混ぜた水に浸けおきします（醬油の割合は、アクの強さによって変わります。やわらかい若葉の頃なら少しでＯＫ）。
⑤手で絞って水切りします。
⑥フライパンで、弱火でかりかりになるまで乾煎りします。水気が完全になくなったら粗熱をとり、保存容器に入れておきます（本当は、天日に干すのがいいのですが、私のアパートにはベランダがないので、これは窮余の一策）。

⑦これを、みそ汁でもラーメンでもうどんでも、増えるワカメみたいな要領で何にでもぶち込みます。

ノビル〜薬味にも、酒のアテにも

これも3月から収穫できます。

小さいネギのような感じで、実際匂いもネギっぽいです。

だいたい土壌の豊かなところにふさふさ群生しており、なんか地球の産毛って感じでかわいいです。

根っこが球根状になっていて、これが群生して根を張っているので収穫にはスコップが必需品。根を傷つけないように、周りから少しずつ掘り返します。

球根がまだ小さい場合は土にお返しします。

場所にもよりますが、4月くらいまで待ったほうが可食部（球根部分）が大きくて調理しやすい。

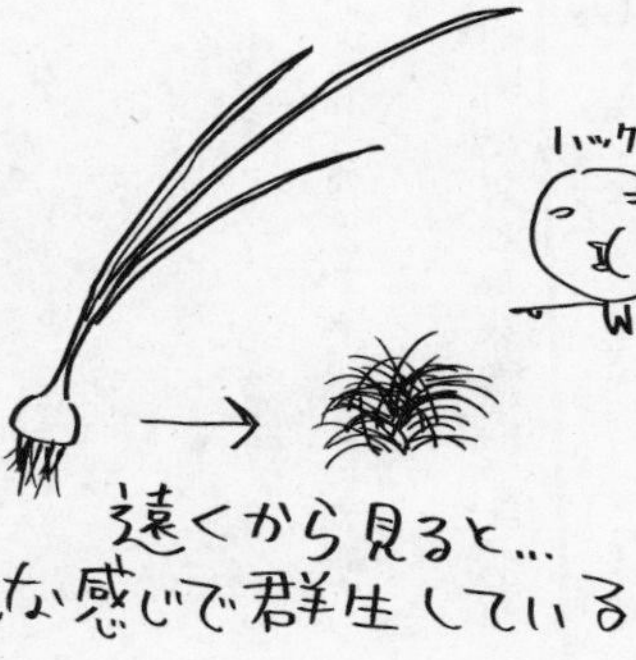
ハックン
遠くから見ると…
こんな感じで群生している

軽くゆがいて酢味噌で和えると酒がすすみますが、私はこまかく刻んで味噌に混ぜ込み、漬け込んでそのままみそ汁などに使います。
栄養素は、カリウム、カルシウム、マグネシウム、リン、鉄分などミネラルが豊富。高血圧の改善、骨を丈夫にするなどの効果があるそうです。

調理法

①よく洗って、薄皮を剝ぎます。
②ひげ根を切り捨てます。
③葉も含めてみじん切りにします。生でも食べられるから、このまま薬味として使ってもOK。
④味噌に混ぜ込んで置いておくだけで、薬味のピリッと利いたノビル味噌のできあがり。そのまままみそ汁などに使えます。

イタドリ～「痛みを取る」が名前の由来で、漢方にも使われる

4月頃から山や土手などに生え始めます。

高知県では昔から取り合いになるほど人気らしいのですが、他の県ではほとんどほったらかし状態の山菜です。

紫がかった、毒々しい外見ですが、草は見かけによりません。

とにかく成長が早いので、食べごろを逃さないように。

葉っぱが開いてしまうと、もう硬くて食べられません。初めから葉っぱが開いてしまうものもあるのでご注意を。

茎が太く、葉っぱがあまり開いていない、ちょっとタケノコっぽい見た目のものが、やわらかくて食べやすいです。

私の経験では、人がよく歩いて踏みならされているような場所は、土が固く、栄養もそんなにないのか、細くて硬くて食べられないものが多いです。

あまり人の立ち入らないところに太いものが生えていることが多い。

だいたい群生しています。

摘むときは、茎をやや上方に引っ張る感じで折り取ります。

このときに、「ポコ♡」と高めのピッチで音がします。「てへ♡」と言ってるみたいでかわいいあんちくしょうです。

私は収穫時にはキッチン鋏を持っていき、使わない先端や葉っぱを、その場であらかじめ切り落としておきます。

生でも食べられますが、かなりすっぱいです。山歩き中に水分補給として食べたりすることもありますが、あまり食べ過ぎるとお腹を下します。

きちんとアク抜きをすれば、おいしくいただけます。

そのままでおかずにしてもいいけど、メンマみたいな食感なので、私はラーメンにのせるのが好きです。

調理法

①皮をむきます。切り口をナイフや爪でひっかけると、するりとむけます。

②むき終わったら、キッチン鋏でペンネくらいの長さに切ります。

③軽く茹でます。あさぎ色（薄い緑色）になった

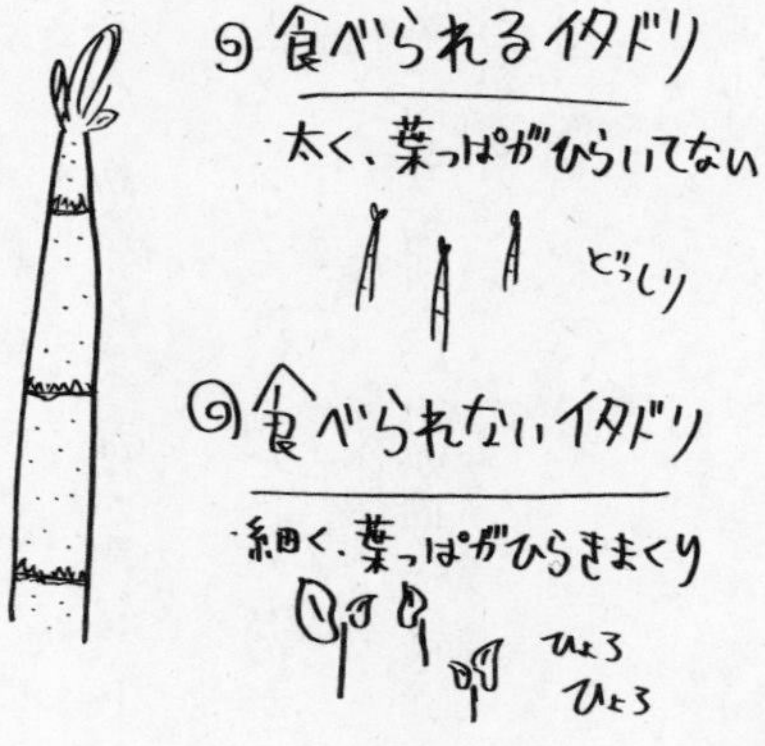

らすぐあげて、水にとります。
④そのまま一晩、ちょろちょろと流水にさらしておきます。
⑤ひと晩置いて、かじってみると、酸味が完全に抜けているのがわかります。これをごま油で炒めて、酒、みりん、醤油、砂糖などをお好みで合わせます。

ノカンゾウ、ヤブカンゾウ～見てかわいい、食べておいしい

梅雨の時期になると、膝丈くらいのパステルオレンジの花が群生して咲いているのを見かけることがあります。

ユリに似た花弁で、空に向かってぴよぴよと咲いているさまが可憐でかわいいです。一重のものはノカンゾウ、それに対して八重咲きのものがヤブカンゾウ。

花が開く直前の、ふっくらしたつぼみをいただきます。

つぼみの見分け方はというと、ノカンゾウのほうが若干スリムです。ヤブカンゾウはどちらかというとぽっちゃりしていますが、食べてしまえば味は同じです。

この花たちは民家の庭先とか、土手とか、概して人間の近くに咲いていることが多

く、しかも野草にありがちな苦みもまったくありません。食べてくれと言わんばかりです。

そのため、自然のサイクルのうまくいっていない場所では、アブラムシに超絶たかられてかわいそうです。

変な虫がつくまえに、おいしく食べてあげましょう。

ちなみに、春の若葉も生食できるそうなのですが、私はまだ試したことがありません。

ノカンゾウのつぼみをふかして天日に干すと、金針菜という中華食材になります。

ビタミンA、B、C、そして鉄分が豊富で、漢方薬にも使われるとのこと。

ところでカンゾウ系の花の和名を「ワスレグサ」と呼び習わすそうで、これは一日だけしか咲かなくて、すぐに忘れられてしまうから、らしい

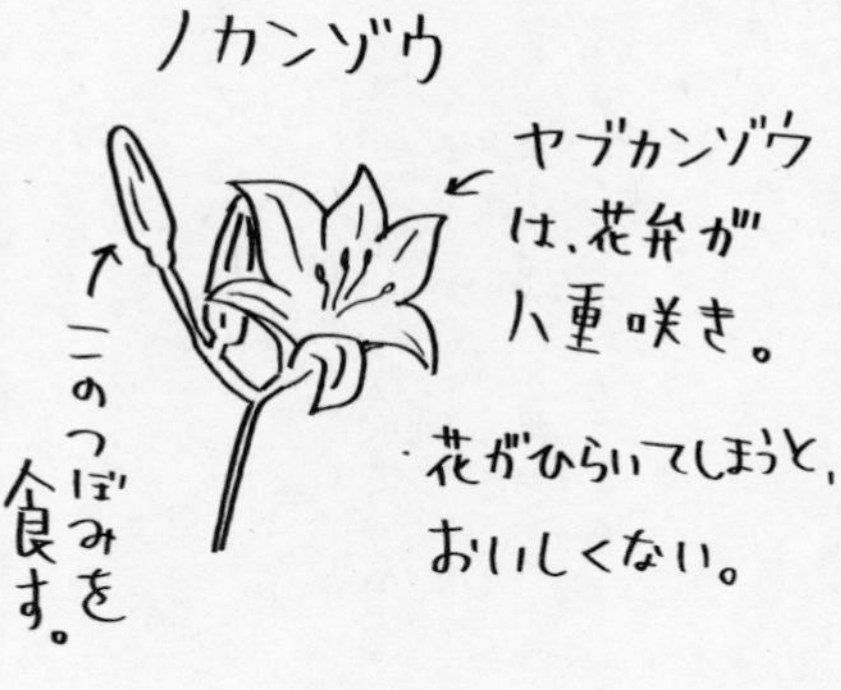
ノカンゾウ
ヤブカンゾウは、花弁が八重咲き。
花がひらいてしまうと、おいしくない。
この つぼみを食す。

です。儚《はかな》っ！

なんかこう、私の中にある日本人の情緒に訴えられまくりです。

私が野草のなかでもとくに彼らを好きなのは、こういうところに起因しているのかもしれません。

うちの近所に咲いていたワスレグサは、余裕なカオで何日か続けて咲いていたような気がしますが、見なかったことにしたいと思います。

真実というのは、知らないほうがいいこともあるのです。

調理法

①水でよく洗います。
②フライパンにごま油を熱し、炒めます。
③塩コショウして、はいできあがり！

オオバ～さわやかな香りで夏を乗り切る

これって野草なの？　とお思いの方もいることでしょう。

はい、野草です。うちの近所でも、道端のアスファルトを突き破ってばんばか生えてます。すごい生命力！

6月の終わりぐらいからだんだんと顔を出し始めます。

鼻を近づけてみると、あの独特のさわやかな香りがするのですぐわかります。

私はこの香りがめっちゃ好き。まさにジャパニーズ・ハーブ！

散歩していて、オオバを見つけると、必ず立ち止まって香りをかいでしまいます。

若葉の頃はやはりやわらかくておいしいですね。

観察してみると、生え始めの頃は元気いっぱい！　そのうちに虫に気づかれ、食べまくられ、虫たちが飽きてきた頃を見計らってさらにどーんと成長する……、という作戦のようです。頭いいね！

オオバも、アクがなくて食べやすい、超かわいい野草のひとつです。

だって野草にしてみたらね、アクや苦みっていうのは外敵から身を守る手段であるわけです。

前述のノカンゾウとヤブカンゾウもそうでしたが、アクがまったくないっていうことは、私たちは食べられてもいいから、あなたは元気になりなさいっていう博愛の精神に満ちているということです。

言うなれば野草界のあんぱんまんなのです。

庭で育てている家も多いみたいで、私は近所の家で大量のオオバを見つけたとき、ピンポン鳴らして「オオバ摘んでもいいですか？」って聞いたら「好きなだけどうぞ」と言ってくださったので、たまにそこからもいただいています。

栄養価としては、鉄分、カリウム、カルシウム、ビタミンB・Cなどが豊富。夏バテ防止に効果的、だそうです。

夏の暑い盛りには、冷奴とかの薬味にしてもおいしいんだけど、私は炒め物の最後のほうに香りづけに入れるのも好き。ですので、ここではよく作るスパゲティのレシピを公開します。

調理法

①オオバをよく洗います。

・表面がざらざらしている。
・見つけやすいので、初心者向き。

②フライパンにごま油を熱し、てきとうに切ったにんにくと玉ネギを炒めます。別の鍋で同時にスパゲティも茹でときます。
③みじん切りにしたオオバと、梅干を種ごとフライパンにぶち込み、くずしながら軽く炒めます。
④スパゲティが茹で上がったら、湯を切ってフライパンに入れます。
⑤めんつゆをからめます。
⑥皿にうつし、仕上げにかつおぶしとか、のりをちぎってのせてもうまし。

ギンナン～エロカッコイイ隠居の食べもの

春が野草の季節なら、秋は木の実の季節です。

ギンナン拾いは、台風など強い風が吹いた翌日が狙い目です。

時期としては、まだ葉っぱが緑色をしている10月の早い時期から拾えます。葉っぱが黄色くなった頃に拾いに行っても、実はもう遅い。その頃には人に踏まれまくって食べられる状態じゃないものが多いです。

また、イチョウの木には性別があって、実をつけるのはメスのイチョウだけ。

葉っぱの先に切れ込みがあるのがメス、ないのがオス、と見分けるそうです。

素手で拾うと手がかぶれるらしいのですが、わざわざ軍手や割り箸なんて持っていかなくても大丈夫。

私はそのへんに落ちている葉っぱでうまいこと挟んで拾っちゃいます。

このとき、なるべく大きいものを拾うようにしましょう。中の種を食べるものなので、小さいものは実を取ったときに食べられる量がごくわずかになってしまい、物足りません。

持っていく袋はビニール袋よりジップロックが個人的にはオススメ。

バケツ一杯拾っていく人もいるようですが、私は一人暮らしだし、下ごしらえに手間もかかるし、人にあげるにしても限界があるので、ジップロックがちょうどいいです。

きっちり口を閉められるので、臭いがもれることもありません。

ギンナンがあまり拾われない理由として、食べられる状態にするまで、あのきつい臭いと格闘しなくてはならないから、というのがあるように思います。

まず水につけて実を腐らせなければならないのですが、バケツに水を張って入れておくと部屋の外まで臭いがしてしまい、アパートなどでは近隣住民に迷惑がかかるのではないか……というような懸念も聞かれます。が、ここでもジップロックを二重、なんなら三重にしておけば大丈夫です。

私自身、ワンルームのアパートに住んでいますが、部屋の外どころかジップロックに鼻を近づけてやっとかすかに臭いがわかるぐらいのもんでした。

そういえば、元祖エロカッコイイ作家の今東光《こんとうこう》先生が、ギンナンをバターで炒めて食べると精がつく、と説法でおっしゃっていました。

私もエロカッコイイ隠居を目指して、これからもコツコツ食べたいと思いますが、なにぶんフライパンで炒めるのがめんどうくさいのでいつもレンジでチンしてしまいます。

めんどくさいという姿勢が、およそセクシーではないとは知りつつ……。

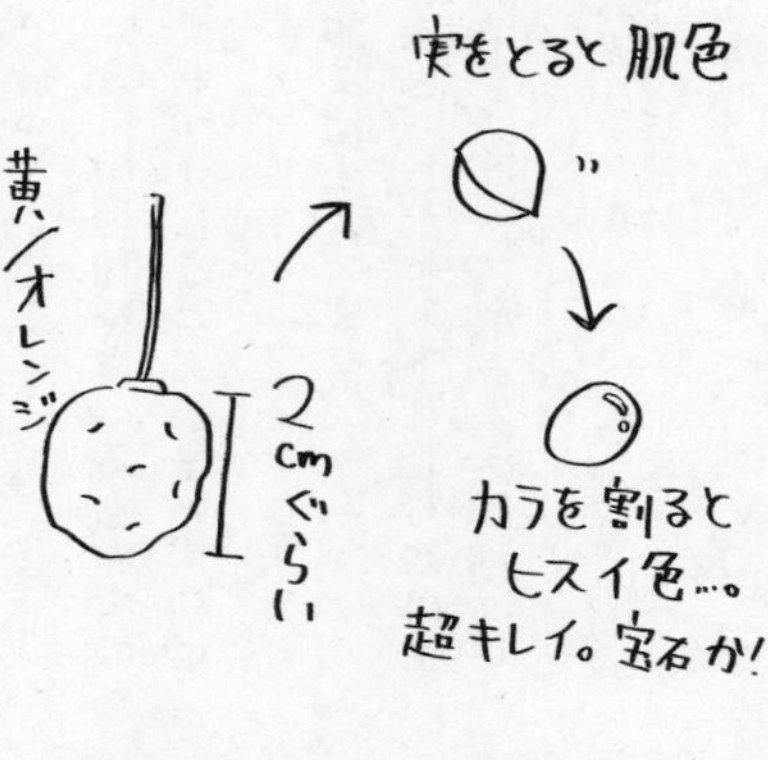

ピスタチオみたいな殻をパキッと割って、中から出てくる翡翠色のギンナンはほんとに美しくて、ずっと見ていたいくらいです。

栄養価としては、カリウム、マグネシウム、鉄分豊富で骨を丈夫にし、カロチンやビタミンCも豊富。

咳止めや、夜尿症の民間療法としても食べられるそうです。

また、精がつく食べ物のため、子どもが食べると中毒になって鼻血が出るので注意が必要です。

調理法

①軽く洗って土を落とし、水と一緒にジップロックに入れておきます。（臭いがもれないように、二重三重にしておくのがおすすめ）

②1週間くらいして実がやわらかくなってきたら、ジップロックの上から指で実をつまんで、種を押し出します。

③種の水分がなくなるまで、フライパンで弱火にして乾煎りします。（これもできれば天日干しが良い）

④食べたい分だけ封筒に入れて、レンジでチンします。あまり熱しすぎると黒くなっ

て食べられないので、2~3個破裂したくらいで取り出します。

⑤ペンチで割っていただく。

ところで、アメリカ原住民の人々が、野草を採取するとき、感謝をこめて祈りの儀式をする、という話を聞いたことがあります。この儀式をするのとしないのとでは、薬草の効果にも歴然と差がでるとか。

だから、というわけでもないのですが、私も野草を採りに行くときは、忘れずに感謝をすることにしています。

それから、来年のためにも、他の人のためにも、自分が食べられる分だけいただくこと。そして小さなビニール袋を持っていき、ゴミを拾って帰ること。これは山ガールの友人が実践していた、「来た時よりもきれいに!」精神をパクったものです。

自分で食材を採りに行くと、食べ物って人間がゼロから科学で作ってるんじゃなくて、自然からのいただきものなんだと実感できる。

手間のかかる下処理をしていると、スーパーに並んでる食材も、勝手に食べられる状態で並んでるわけじゃないんだと、当たり前のことをありがたく思えるってもんです。

そんなことがわかるのも、草摘みの収穫のひとつかと思います。興味のある方は、きちんと下調べをして、自己責任で楽しんでくださいね。食あたりを起こしても、私は責任とりません。

ある週の献立

おまけです。ある一週間の献立を記録してみました。

こうして見てみると、基本的に玄米菜食といっても、かなりジャンクなものを外食で食べているときもありますし、家でラーメンを食べたくなって、パパッと作ることもあります。

超健康かといえば、そういうわけでもないみたいです。

手間ひまかけないために2食分一気に作るので、一度作るとしばらくそれをレンジで温め直して食べ続ける傾向が。外食と併記のあるもの以外はすべて自炊です。

あと、ほぼ毎日、おやつに紅茶とお菓子をすこし食べています。

愛知県人としては、やはりしるこサンドが永遠のブームです。しるこサンドというのは、１９６６年に発売されて以来、浮世の流行にまったく左右されることなく、変わらぬ味を貫いてきた、松永製菓のお菓子です。

北海道産のあずきと、りんごジャムと、はちみつが、多すぎず少なすぎず絶妙のバランスでビスケット生地に挟んであり、飽きることがありません。

しるこサンドの偉大なところは、紅茶にも、日本茶にも合うということです。そんなお菓子が他にありますか。探せばありそうですよね。

最近のしるこサンドは、コンビニの100円シリーズにもラインナップされ、東京でもそこらじゅうで見かけるので、嬉しいかぎりです。

主食は国産米。日本人には米が一番です。

私も若い頃はシリアルとかパンを朝食に食べていましたが、すぐに消化してしまい、たいてい昼前に力尽きていました。

あるとき玄米にしたら、まあ腹持ちが良くて驚きました。昔の人はこれを食べて、コメ俵を担いで山道を登っていたのですね。

今、好んで食べているのは無農薬の国産玄米です。

おそばも好きです。ほとんど毎日食べます。

おそばは日本の偉大なファストフードです。あんなに安くて早くてうまくて健康にもいいもの、海外で見たことありません。
食欲のないときでもつるっと食べられるし、どこで食べてもそれなりにおいしい。まずいおそば屋さんには出会ったことがありません。

木曜・朝　玄米、ノビルのみそ汁、たくあん
昼　ヨモギのかけそば
夜　ニラレバ定食（外食）
金曜・朝　玄米、ノビルのみそ汁、たくあん
昼　ヨモギのかけそば
夜　玄米焼きおにぎり、ラーメン（イタドリ炒めのせ）
土曜・朝　クロワッサン、コーヒー
昼　きつねうどん、サラダ
夜　スパゲティ（ポモドーロ）、赤ワイン
日曜・朝　玄米、ノビルのみそ汁、たくあん
昼　ヨモギのかけそば、玉ネギの酒蒸し
夜　スパゲティ（ポモドーロ）、赤ワイン

月曜・朝　玄米、ノビルのみそ汁、たくあん、さんまの味噌煮
　　　昼　ヨモギのかけそば、玉ネギの酒蒸し
　　　夜　トンテキ、すし、鶏のからあげ、ワイン（外食）
火曜・朝　自家製全粒粉スコーン、紅茶
　　　昼　ヨモギのかけそば、さんまの味噌煮
　　　夜　梅玄米チャーハン
水曜・朝　自家製全粒粉スコーン、紅茶
　　　昼　ヨモギのかけそば
　　　夜　カレーライス

自分ではとくに禁欲的とも思っていないのですが、友人宅でタニタの体脂肪計に乗ってみたら、体内年齢18歳（実際は20代）、体脂肪率6・9％（平均は17〜21％）、内臓脂肪は1・0（標準は9・0）という数値でした。

さしたるエクササイズなどしていないのに、このようなアスリート並みの数値が出たのは、やはり食生活の賜物というべきか……。ま、そんなのはどうでもいいんですけど。

隠居に至るまで

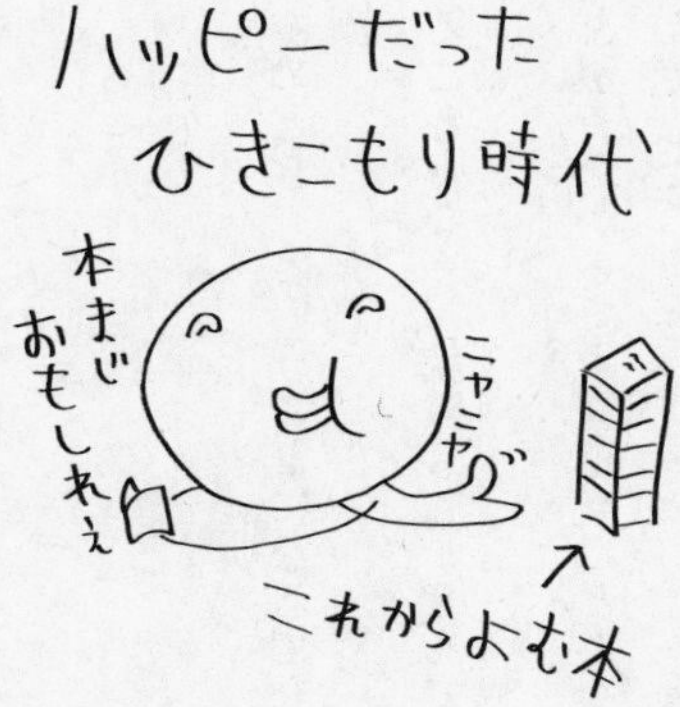
ハッピーだった
ひきこもり時代
本まじ
おもしれえ
ニヤニヤ
これからよむ本

3年間ひきこもってみて感じたこと

人生で初めて隠居っぽいことになったのは、18歳のとき、ということになるでしょう。

私は高校を卒業していましたが、大学に進学することもなく、就職もしませんでした。

その理由は、何がしたいのか自分でも思いつかなかったからです。正直、どんなに頑張ってひねり出そうとしても、とくにありませんでした。

「進学も就職も、なんか違うなぁ～」とか思っているうちに志願の期限も過ぎてしまい……。まあ、やりたいことが私にやられたいなら、あるとき向こうからやってくるだろう。ひねり出そうとしている時点でヘンである。何もないなら何かそのへんのことをやっとけばよし！

当時はこのような結論に達しました。この他力本願というか、果報を寝て待つ態度は今もちっとも変わりません。

いずれにせよ、大学に合格したとしても学費を４年間も払ってもらえるほど裕福な家庭ではありません。

幼い頃から「高校を卒業するまでは面倒見るが、あとは親に頼らず勝手に生きていけ」と申し渡されていたので、とくに不公平とも感じず、「ふーん、人生そんなもんかねぇ」ぐらいに思っていました。

しかし、やりたいことがなくても、生きていくのには食べなければならないし、食べていくのにはお金がかかります。

それに、いざ何かをしたいとなったら、きっとお金は必要になるだろう。

食い扶持《ぶち》と、何かやりたいことがやってきたときの貯金のために、とりあえず高校在学中から働いていたコンビニでアルバイトを続けることにしました。

高校を卒業してから２ヶ月が経った頃でしょうか。

ただでさえあまり鳴らなかった携帯が、死んだように静まり返っているのに気づきました。

それで、それまでの付き合いを振り返ってみようと思って、携帯のアドレス帳をさらってみたのです。

学校だけの友人が8割でした。

たしかに、卒業してしまったので、もうお互い連絡を取る必要がありません。卒業後も引き続きお付き合いをしたいと思う人もとくにいませんでしたから、そりゃ携帯も鳴らないわけです。

使わないのに、持ってるだけでお金がかかるなんておかしいし、だいいちお金がもったいない。

この携帯電話とかいう代物は、もしかして今の私には無用の長物なんじゃないか？　などとうっすら感じていたところへ、当時契約していた携帯会社から、「料金プランが改訂されることになったので、契約期間の途中でも違約金なしで解約できます」というハガキが届きます。

それで渡りに船、とばかりに携帯を解約してしまいました。

果たして、何にも困らないのです。

結局、高校卒業から数ヶ月で、周りから人が波のように引いていきました。

でも旧知の友人たちは家の固定電話に、ときどき「元気？」と電話をかけてきますし、彼らとは、今でも実家に帰る折など、連絡を取り合っています。

ぶっちゃけ、こんなラクなことはないな〜、と思いました。

だって、自分に必要のない人が、携帯を持っていないというだけで、頼んでもいないのに離れていってくれるんですよ。

なぜか人は携帯を持っていると、夜中でもなんでも相手の都合にかかわらず電話をかけてもいい、と思ってしまう傾向があるようで、これも私が携帯をあまり好きではない理由のひとつでした。

それが固定電話になるだけで、「○○ですけど、ヘンリくんはいらっしゃいますか？」「今大丈夫？」とかちゃんと言うんですよ。

なんで携帯だからってその一言を飛ばすんでしょうか。

携帯を持たないだけで、いつでもどこでも馴れ馴れしく連絡をされることがなくなり、これは精神衛生上とてもよかったです。

電源切っとけばいいじゃん、という方もいると思いますが、電源切ったってお金は発生してますからね。

結論。やっぱり携帯、いらないじゃん！

それ以来、携帯電話を持つのはキッパリやめました。

ひきこもりヒエラルキーがちょっと怖い。

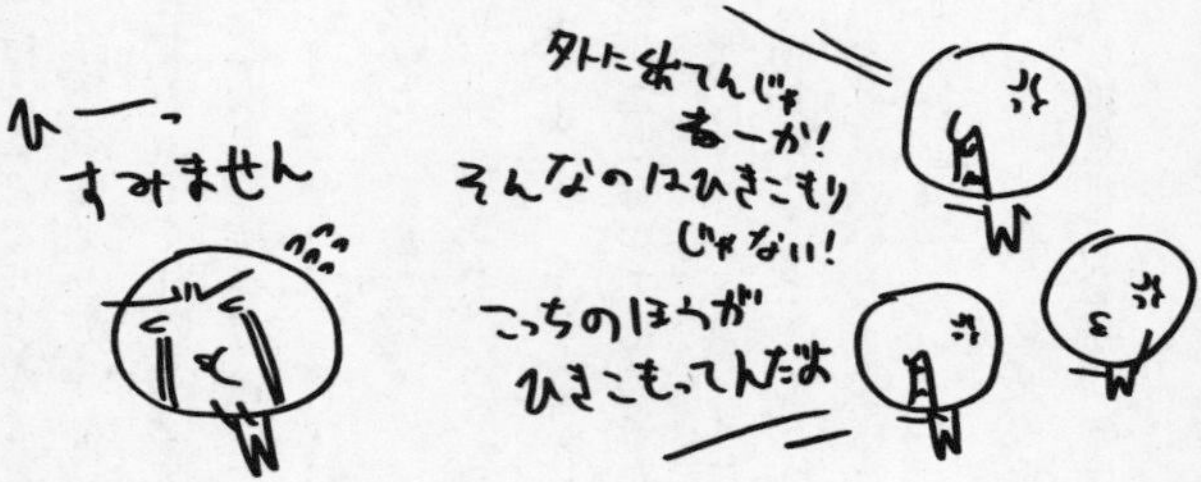

こうして、だんだんと、アルバイト以外の時間をほぼひとりで過ごすようになっていきました。

もともと自分といるのが快適なので、私にとってはとても自然なことだったのでしょう。

ひとりで本を読んだり、ひとりで料理をしたり、ひとりで音楽を聴いたり、ひとりで映画を観たり……。

光陰は矢の如しとはよく言ったもので、気がついたらなんと3年もの月日が経ち、私は21歳になっていました。

ひきこもりを経験してから、人生には大洗濯（大選択）みたいな時期が、定期的にやってくるのだと、なんとなく思うようになりました。

体に溜まる垢と同じで、ほうっておくと、人生にも老廃物みたいなものが溜まってしまう。

そういう、要らないものを切り捨てて、本当に必要なものを選ぶ時期が、あるのかもしれません。

今振り返ってみると、私にとってひきこもるというのは、そういう意味があったと思います。

気がつかないうちに自分を囲んでいたたくさんのものに、これは必要か？　とか、本当に好きで一緒にいるのか？　とか、いちいちイヤになるほど問いかけて、人生における好きの純度を上げていく感じ。

不要物をガンガン拒否して、あとに残るのは、少ないけれど本当に好きなものだけに囲まれた、超シンプルな生活でした。

もしかしたら、自分が置かれている状況それ自体には、いいも悪いもないのかも。その人にとって、それがどういう時期かっていうのは、周りが決めるのではなく、本人が自由に解釈すればいいことなんだな～、と今つくづく思います。

誤解のないように言っておきたいのですが、私自身、何か問題が起こったとき、毎回そういう賢者のような判断ができているかといえば、まったくそんなことはありません。

こういう物事の見方や気持ちの持っていき方は、慣れたり身についたりすることはないように思います。

なぜなら、世の中は手を変え品を変え、いろんなことが起こるし、判断力の有無って自分の精神状態によっても違うからです。

とくに弱っているときはつけこまれやすい。

私の経験上、こういうときに独断で決めると、ろくなことがないので、とりあえず2年ぐらい保留にしたりとか。

このように、毎回、直感と経験をフル活用して、自分を見失ってしまわないように真剣勝負です。

そしてけっこう負けることもあり、よほど注意していないと気がつかないうちに流されてしまうのが人間の悲しい性《さが》といいましょうか。

傍《はた》から見たら、高校を卒業した心身ともに健康な男子が、就職も進学もせず、外にも出ず友達もおらず、ってお前大丈夫か？　と心配してしまうのも、今ならわかります。そりゃそうですよね。

ですが、常識的に見たら暗黒時代のようでも、過ぎてみたら意外に、ただそういう時期なだけでしたよ〜、と当時私を心配してくださった方々に伝えたいです。

というか、むしろ楽しかったし、本人にとっては、ひきこもり期はあっさりとして明るい思い出ですらあるんです。

たぶん、その他大勢のひきこもりとちがうのは、私は厭世的《えんせいてき》になっていたわけではない、ということでしょうか。

誰にも会わず、外にも出かけず、ただひとりでいることに熱中するのは、どこまでも限りなく楽しい体験でした。

相反する概念のようですが、ポジティブなひきこもり、とでも呼んでおきましょう。

そんなわけで、私にとっては、あのモタモタしていたモラトリアムな時期に得たものって、すごく大きかったと思う。

テレビも観なくなったし、携帯も持たなくなったし、自分にとってどうでもいい人間とは付き合わなくても平気になったし、必要以上に働かなくても生きてはいけることもわかったし。

与えられるのではなく、自分から選び取って人生を作っていくことの快感を知ったのかもしれません。

ポイントは、本気で取捨選択をしなくても、生きてはいけるということです。お風呂に入って垢を落とさなくても、さすがに死にゃあしません。

でも、私はあの大洗濯の時期に、早いうちに向き合っておいてよかった。周囲がどんどん就職や進学をしていくのに流されて、「今は何をしたいか思いつかない！」という自分をないがしろにしていたら、あとから何倍も大変になって返ってきたような気がします。

そのおかげなのかわかりませんが、私には今、地位も肩書きも名誉もお金も、不満も不幸も不足も、何にもありません。

何にもないのに、とくに怖くもないのです。ていうか、何にもないって超ラク！ですからこれからも、物質的なことだけでなく、自分にまつわるすべてのことで何かが増えるのは、考えるだにめんどくさそうなので、できれば遠慮したいです。

むしろ、何かを得たり、所有なんかしたら、それが大きければ大きいほど責任もあるし、たぶん税金とかも発生するし、しがらみや心配しなきゃいけない事柄が増えるだけで、そっちのほうが大変そう、と思ってしまいます。

衣食住さえ足りてれば、それ以上の何かのために、あくせく働くこともなし。ですからもし、今私とお付き合いのある数少ない奇特な方々が、肩書きとか地位とか経済力をとっぱらって最後に残る、一個の人間みたいなことに興味を持ってくださっているとしたら、こんなに嬉しいことはありません。

それがいいことなのかどうかと聞かれたら、私にはちょっとわかりません。

最近は、いいもわるいも、ほんとはあんまりないような気もするし、そもそも決める必要ないいんじゃないかしらん。

今はもう、生きてることだけが目標みたいなもんですので。

無欲なのが偉いとは思わないから、こういう生活を人に勧めるつもりもないし。かといって毎日働いてるほうが偉いとも思わないから、会社にきちんと勤めよう！ともなりません。

すべては、なんかこうなっちゃったことだし、どうでもいいような……。

何にもないっていうのは、大きな喜びもない代わりに、そんなにつらいこともなく、毎日淡々とゆるやかに笑っていられる生活です。

だって、もうこの歳になったらね、大きな喜びなんて体に悪いんですよ。

私の隠居生活が本になることですらびっくりしているのです。

低め安定最高！

えー、このあたりの人生に対する構え方も、隠居生活に確実に引き継がれているように思います。

口が退化しはじめる

3年間の極楽ひきこもり生活を終えたきっかけは、失語症気味になったことでした。その頃、私生活であまりにも他人と話す機会がないので、頭で考えていることが、だんだん口から出てこなくなってしまったのです。

家族も全員働いていたし、生活のリズムがそれぞれ違うので、ほとんど顔を合わせて話すこともない。

ですからアルバイトが休みの日など、一言も言葉を発しないまま一日が終わるということも珍しくありませんでした。

誰にも会わずに、自分の好きなことだけをして終わっていく一日。まじサイコーです。

ところが、ひきこもりとはいえ、年に1、2回は止むに止まれぬ事情で人と会わなければいけない局面もあるものです。

職場の忘年会とか、極力断ってはいたのですが……。あるとき、新人歓迎会の出欠を突然問われて欠席する理由が思いつかず、うっかり行くことになってしまいました。

不自然でない欠席の理由を捏造するには時間や労力がかかりますので、こういうのはメールで聞いてもらえると助かります。

さて、新人歓迎会は私の苦手な小うるさいチェーンの安居酒屋で開かれました。

私は目立ちたくないので必死に存在感を消していましたが、急に自己紹介を振られ、「え……うー……」などと、どもってしまい、まったく言葉が出てきません。

名前と、よろしくお願いします、だけ言えばいいんだ……。と、頭では考えているのに、口がうんともすんとも動かないのでした。

焦れば焦るほど、ますますわからなくなり、変な汗が出てきます。

私が押し黙っているので、仕事のできるベテランのアルバイトが速やかに空気を読んで、私の苗字と「よろしく」だけ代わりに言ってくれました。

助かった～、と思いました。

その後も、優しい人たちが、よせばいいのに気を利かせて私に話を振ってくれたりするもんだから、私はアホみたいに押し黙ってしまい、「何この人……」的な空気が漂い、場を散々白けさせて解散の運びとなりました。

不思議なのですが、仕事の接客用語などは、すらすらと出てくるのです。もう立板に水です。

たぶん、接客用語なんてだいたい言うことは決まっていますから、紋切り型の文言はすぐに出てくるけれど、頭で考えたことを言葉にして人に伝える、という機能が衰えてしまったのだろう、と私なりに合点しました。

やばい、このままでは、マジで失語症になってしまう……。

3年間ひきこもって、やっと焦りが出始めました。そろそろ外に出なくては。

けれども、ひきこもり生活は快適です。

日本にずっといたら、この愛すべき生活を捨てることは難しい。

こりゃ、世界一周でもしとくか。

このように考えました。

ひとりで海外を旅したら、ちょっとやそっとでは戻ってこれない距離だし、人と話さずには済まされない局面に立たされまくるだろう、と。ちょっとした荒療治です。

そんな矢先、ふらっと入った本屋で、『世界一周しちゃえば？』（高橋歩著・A-Works・2005）という本が目に飛び込んできました。

世界一周経験者の話をまとめたもので、早速買って読んでみたら、まあ私にも、できるっちゃできそうです。

スーパーでのバイトをちょっとかけもちしたりして、その間にパスポートやビザ、世界一周航空券の手配をし、4ヶ月後にめでたく出発したのでした。

ハタチ過ぎたら人生引き算

ひとりで旅に出ると決めたとき、親にはすごく反対されましたが、無視して勝手に準備を進めていたら、「言ってもムダ」とだんだんあきらめられました。

私はなんでもそうだけど、今やりたいと思ったら、その気持ちが旬のうちにやりたいのです。

若い人には未来がある、などと世のオッサンたちは口を揃えて悠長なことを言いますが、私にはそうは思えませんでした。

折しもアルバイト仲間が、突然交通事故で亡くなる、ということがあったのです。

しかも彼は私より二つほど年下でした。

人間って、順番通りに行くわけじゃないんだ……。

不慮の事故や病気で明日死ぬかもしれないのは、若者でも老人でも同じです。年齢は関係ありません。

だったら、今日「何ができるか」と考えるよりも、「何はしなくてもいいか」と消去法で考えてみたほうが早いかもしれない。

そんなふうに感じたのでした。

当時の私で言えば、明日死ぬかもしれないとしたら、今すぐに「進学はしなくていい」「就職はしなくていい」「結婚はしなくていい」「貯金はしなくていい」「人付き合いしなくていい」「親の期待に応えなくていい」などなどです。

この、今すぐやらなくていいことのオンパレード！

もしかして、人生の８割はしなくてもいいことでできているんじゃないのか？　とすら思いました。

そういうわけで、私の好きな言葉は「ハタチ過ぎたら人生引き算」。

あれもできる、これもやりたい、などと足し算で考えていくと、本当に一番やりたいことがどれなのか、他のものにまぎれてどんどんわからなくなってくること、たまにないですか？

そんなときは、消去法にしてみるといいかもしれません。

今すぐやらなくていいことを、バシバシ引いていって、あとに残ったものからどうしても死ぬ前にやっておきたいことだけをするのです。

そしたら、今夜いきなり死神が遊びに来ても、まいっか、とりあえず入れよ、と迎えられそうですよね。

これは今でも私の行動基準みたいになっていて、やりたくないことはやらないし、付き合いたくない人とは付き合わない。

でも一文無しになって明日以降も生きちゃったら、恐ろしいことになってしまうので、念のため、人に迷惑がかからないように貯金は使い切らないことにしています。

旅とひきこもりの共通点とは

いろいろ行きましたが、一番思い出に残っているのはロンドンです。なりゆきで住み着いてしまいました。

繁華街SOHOのインターネットカフェで働き始めて少し余裕ができた頃、ふと、あれ？　と思いました。

私はひとりで旅をしていたんじゃなかったのか、と。

その頃の私の生活はといえば、食うに困らない程度に仕事をし、休みの日は古本屋で安く買ってきた本をひきこもって読みあさり、セインズベリーというスーパーに行って食材を買っては自炊し、硬水で淹れたおいしいミルクティーを飲み、たまに数少ない現地人の友達から「元気？　遊びに来るかい？」と電話があれば会いに行ったり……。

気づいたら、日本にいた頃とほとんど変わらない、地味ハッピーな生活を送っていました。

そもそも、なんでこんなことに？　と思い返してみれば、ロンドン初日に宿が取れず、ナイトクラブで夜を明かしてたら、なぜか友達ができて、彼らが家に泊めてくれたんだし。

仕事は自分で見つけたけど、道端の看板持ちを始めて1週間で店内スタッフに昇進させてもらえたのは、ぐうぜん店にいたマネージャーとだべってたら気に入られちゃったからだし。当時住んでいたフラットだって仕事仲間のメキシコ人の紹介だったし……。

助けが助けを芋づる式に呼んできました。

だいたい、それまでの旅だって、ひとりで旅してるように見えるけど、オーストラリアでパスポートをなくしたときも、ニュージーランドでヒッチハイクしたときも、ハワイでなぜかまた他人の家に泊めてもらったときも、必ず誰かが私を助けてくれていました。

そういえば日本でひきこもっていたときだって、炊事や洗濯や郵便物の受け取りをしてくれていた家族はいつもいたわけで。

なんか、そう思うと、自力でやってることってあんまりないな〜、と思ったのでした。

結論。

世界一周、本当に行ってよかった！

一番の収穫は、一人旅もひきこもりも、みんながいてこそできる、というのがわかったこと。

状態としてはひとりかもしれないけど、そういう環境を作ってるのは私と周りのみんなですからね。

振り返ってみると、実はたくさんの他人の力があってこそ、旅を続けることができたわけです。

当たり前だけど、なんとありがたいことか。

そういう意味では、ひきこもりも同じこと。これは発見でした。

人はひとりだけでは、旅をすることも、ひきこもることもできないのです！


いやあ、あのままずっとひきこもってたら自分ひとりで生きてるような顔したオッサンになってたかもしれないと思うと、ほんとに、空恐ろしいです。

私が今まで目立った努力もしないで、それでも生きてこられたのは、周りの人のおかげに違いありません。

他力本願バンザーイ！

とくに目的もなく上京

世界一周ぷらぷら旅して、この地球にはかくもたくさんの生き方や価値観があるのだと知りました。

それってなんて豊かなことなのだろう！

ところが旅を終えた当時の私の目には、なぜか故郷の田舎は多様性を許さない町、としか映りませんでした。

男は高校を卒業したら大学に行って、大学を出たら正社員として就職して、3年ぐらいしたら結婚して、子どもを生んで家庭を支えていくもの。

当然、いつまでもアルバイトをして、海外をほっつき歩いているような人間には、優しくありません。

いや、今思うと、実際はおもしろがってくれる人も少しはいたので、ほんとは全員がそんなふうではないでしょう。

そこからはみ出したいわけじゃないのに気がついたらはみ出しちゃってることが多い私は、「お前はおかしいんだ」と町全体から威圧されてるような気がして、どうにもこうにも居心地が悪かったのでした。

現在はというと、どこに行ってもマイノリティはいるし、あらゆる分野でマイノリティじゃない人っていないし、だからまあべつにいいじゃん、と思えるようになったのですが、まだまだ青臭かった私にとって、田舎というのは、「マジョリティしか存在できない場所」だったのです。

旅人としてこの町を訪れていたら、それもまた多様性だよね、という見方ができたのかもしれません。

ほんとに、ただ旅するのと住むのとは、全然違うんですよね。

住人としてそこに同化するのはちょっと無理でした。だったら、許せる距離まで離れてみよう!

そう、旅の途中で外国のいろいろな街に住み着いたもんで、べつに生まれ育った土地でなくても住めば都になるということを、このときの私は経験として知っていたのです。

それで、さっさと引っ越すことにしました。

　どうせなら、すぐ近くの名古屋なんてケチくさいこと言わずに、一番おもしろそうな街に行ってみよう！　というわけで、選んだのが東京でした。

来し方を振り返ってみるに、私が何かを始めるとき、目的とか結果をまったく気にしていないことがわかります。

強いて言えば、それをやることだけが目的で、結果が残ったら残ったでいいし、残らなくても全然ＯＫ、というスタンス。

しかし、自分はそれでよくても、不思議なことに他人が納得しないんですね。「何のためにいくのか」「行っていつまでに何をするのか」と聞かれても、あなたの人生じゃないのに……、とは思ってもさすがに言えないので、「行ってみないとわからない」としか答えられないのですが……。

そのあとに続くのは、「いつまでもそんなことしてないで正社員になったらどうだ」的なことと相場は決まっています。

そして、それに対する答えも、いつも決まっています。

「言われた通りにして私が人生間違えたら、この人、責任とれるのかな？」そんなの、無理ですよね。

その人がその時どきで一番いいと思う方法をとった結果なのでしょうが、良かれと思って言ってるからこそ、タチが悪いこともある。

だから、それはまあ、しゃーない。

それに、人に言われたからっていうのはラクだけど、私は自分で何かを選ぶときの、誰のせいにもできない、後にもひけないシビれるような緊張感が好き。

どんなにラクなのが信条でも、あの楽しさだけは譲れません。

いつでもどこでも、なんでも自分で選びたいっ!

そして、個人的にもうひとつ大事だと思うのは、今すぐなんでも白黒つけようとしないこと。

前のページで、自分の状態をいいかわるいかいちいち決めなくてもいいと書きましたが、これは自分以外のことにも応用できます。

たとえば「どちらが正しいか」みたいな話になったときって、突き詰めていくと必ずケンカになるし、終わらないような気がする。

私は議論をしたことがないし、異論があっても「ふーん、そうなんだ~」と思うだけなのですが、「それはイエスかノーか、どっちなんだ!」みたいにキレ気味に言われることがあります。

私は、どっちでもいいんじゃないかしら？　と思っているので全然話がはずみません。

いろいろてきとうにしておくと、わりとケンカにも発展せずにのらくら生きていけます。

こういう、今すぐ結果を欲しがる人を、私は急性白黒症候群と呼んでいますが、ものすごく人を巻き込んでくるし、身近にいたらほんとにめんどうくさいし、非常に疲れます（私は疲れるけど、本人はイキイキしていることが多いです。いろんな人がいる……）。

このようなとき私は、前述の近寄りたくないオーラをビカビカと発しまくります。

どうやら私は、長い人生をなるべく疲れずに歩き続けられることをよしとしているようです。

かくいう私も振り返ってみれば、若い頃はなんでもキッパリ、ハッキリしているほうがいいに決まってる！　曖昧なのはわかりにくいからダメだ！　と思っていました。

説明のつかないことや、理解を超えているものの、割り切れないものがなんとなく怖く感じられ、無意識に拒否していたのかもしれません。

今は、世の中ってそんな単純なもんじゃなくて、こっちは100%白であっちは100%黒、とハリウッドのヒーロー映画みたいにキッパリ決められることってほとんどないんじゃないかな～、と思うようになりました。

ていうか、今はグレーゾーンの豊かさや妙味やおもしろさなんて、子どもにはわかんないよね～、と若かりし自分を上から目線で眺めています。

そのうち、自分が正しいとか間違っているとか言われても、「なんか言ってるな～」ぐらいになればしめたもの。

受け入れるというのともちょっと違っていて、遠くからただ眺めているようなイメージです。エラい人が、不祥事の責任の所在を曖昧にしているのを見ると、さすがにイラっときますが、悪用しなけりゃこんなにラクなことはありません。

人間は玉虫色なのです。

余談ですが、以前、アフリカの蟻塚の話を聞いたことがあります。

アフリカの蟻塚の中に住んでいるアリのうち、個体数に関係なく7割は自分の生まれた蟻塚の中で生涯を終える。けれども、残りの3割のアリは、外に新しい環境を求めて、生まれ育った蟻塚を出て行ってしまう。

その割合が、昔、満州やハワイ、ブラジルなどに移住していった日本人の割合と同じである、という内容でした。

言われてみると、田舎の同級生にも多少は当てはまるような気がします。

一生地元で暮らす人と、与えられたものに飽き足らず外に出ていく人。

私は、後者をオモシロ要員と呼んでいます。

この人たちは、杓子定規の価値観に当てはめようとすると、徒労に終わり、周りが疲れます。

が、放っておくと、いつか何らかの形で、おもしろいことをしでかすかもしれません。

ですから、こういう人が身内にいたら、放し飼いにしておくのが一番です。

これもまたどちらが良い悪いという話ではなく、出ていくアリと、残るアリと、あと若干名の隠居するアリと、全部があって、地球の蟻塚はできている、ということなのです。

旅を終えてからは、すっかり海外にも行かなくなりました。もちろん、そんな大金がないから、という金銭的理由もあるのですが。

お金があれば行くかもしれませんが、あっても行かないかもしれないし、今はどちらでもいいような気がします。

毎日の散歩コースだって、よく見たらけっこう風景も匂いも違うし。

今はもう、どこにいても旅と思えば旅、みたいな感じです。心のスイッチ入れるだけっていうか。

だって世界中いろいろ行ってみたけど、どこに行っても空は青かったし、夜になったら月は出るし、その下で人は暮らすんだし。

考えてみたら当たり前のことだけど、だからごはんが食べられて、毎日楽しく過ごせたら、どこにいても何をしていても同じかもな、と思うようになりました。

隠居への手探り

さて、いざ東京に出てきて、何に驚いたって、生活するだけでお金が膨大にかかることでした。

とにかく家賃が高い！

私はロンドンでフラットをシェアして住んでいたので、ひとりでアパートを借りるよりもシェアするほうが慣れているし、安心感があった。

ネットで見つけて初めて住んだシェアハウスは、杉並区の閑静な高級住宅街にありました。家賃は共益費も含めると7万円。さらにガス電気水道代などを住人で均等に分けます。

だけど、イギリスポンドが世界一高い通貨だった当時のロンドン中心部でさえ、キングサイズの部屋を月額約5万6000円（時価）で借りていたのですから、4畳半の小さな北部屋が7万円なんて、どう考えてもおかしい。

しかも、アルバイトを始めた駅前のコンビニがめちゃくちゃ忙しく、昼ごはんを食べる時間がない。

それでも昼のピークを過ぎてから、「休憩、とっていいですか?」と店長に聞くと、「空気読めよ」的な視線で、必ず睨まれます。

だけど、ハラが減っては仕事はできません。

仕方がないので、節約のために作ってきたサンドイッチを、客のいない隙に事務所で超速で食べて、いや飲んでいたら、あえなくバレて、「誰が休憩とれって言った?」とキレ気味に言われました。

キレながらも若干嬉しそうでイキイキしていて、ちょっと怖かったです。

なんだろう。

この、漂う「昼飯も食べずに頑張って仕事してるヤツこそ評価されるんだ!　だからお前もそうしろ!　な!」感……。無理。

若い人に家賃や仕事の話をすると、結構な割合で「そんなのフツーじゃね?」と言われますが、断じてフツーじゃありません！

このような、やる気ばかりが先行する職場では、「頑張る」のと「無理をする」のが同義語になっている、と感じます。

なんなら、過労で倒れるぐらい働かないと認めねーぞ、みたいな空気、みなさんの職場にもありませんか？

忙しすぎて昼飯も食べられないとか、働きすぎて倒れたとかいうのが、美談みたいになっている……。

わけわからん。

全然美しくありません。


当時働いていたコンビニの店長なんて、家から片道2時間かけて毎日通勤している、と自慢げにアピールしていました。

おかげで寝不足になってホームで居眠りしてたら線路に落ちたよアハハとかいう全然笑えない話を嬉しそうにされたときはさすがに困りました。

私の経験上、こういう、やる気だけはまんまんの人に、「え、近場に住めばいいじゃん」とか口が裂けても言ってはいけません。

やる気トークに水を差すとキレて怖いことになるからです。

彼にとってはこれも美談の一部なんだろうな～と表面的笑顔で乗り切りましたが、ほんとにやる気まんまんの人に付き合うのって疲れます……。

私にはこの、やる気があるヤツがエライ、みたいな、暑苦しいやる気至上主義がよくわかりません。同じやる気でも、実にならないやる気なら出すだけムダじゃん、とか思うんですけど……。


それにしても、働いても働いても、生活するだけでどんどん吸い取られていく……。

私の大事なカネが！　時間が！

なんか、おかしくない？　何も贅沢したいってわけじゃないのに、こんなに頑張る必要あるのかしら？

と思い続けながら1年半ほど経過した頃、なんとはなしにネットで不動産情報を見ていたら、都内でも郊外の多摩地区だと、ぐっと家賃が安いことが発覚。

私は初めから、都心に憧れがあったわけではないし、仕事だってなんでも、どこでもいいし。

家賃が安いなら安いに越したことないじゃないか。

こんな生活、やーめた。あほらし。

ということで、さっさと仕事を辞め、シェアハウスも引き払い、多摩地区に引っ越してしまいました。

そしたら、一気に家賃は2万8000円にガタ落ち。にまんはっせんえんて！

杉並区に住んでいたときの、なんと半額以下になってしまいました。これが同じ東京だとは、にわかには信じがたいです。

家賃のためにあくせく働いていたあの時期は、なんだったのでしょう。

新卒の若者が、毎日12時間以上働いて、土曜日も休日出勤で駆り出され、日曜はどこにも行かずに死んだように眠っている、という話を、今でもときどき本人や家族から聞いたりしますが、断じて言い続けます。

それは、フツーじゃありません！

隠居を決意させたもの

これは、今振り返ると、ということなのですが、ここで、私を隠居へ向かわせたと思しき事件のことをお話ししたいと思います。

杉並区に住んでいたとき、コンビニとかけもちで、大きな駅ビル内の本屋さんで働いていたことがありました。

この本屋が、目が回るほど忙しかった。誰だ、本屋がヒマって言ったのは！

私は夕方勤務だったのですが、この時間帯は帰宅途中の学生や会社員でごった返し、毎日レジから隣のお店まで長蛇の列ができました。

そりゃもう、一時もレジから離れることができないくらいの忙しさです。

ところが本というのは、食品や雑貨みたいに勝手に値段を変えられないので、頑張って売っても家賃が高ければ利益はあまり上がりません。

社員の人たちは、残業はもちろんのこと、休日もわざわざ出勤してきて仕事をしたり、本当に必死で働いていましたが、高すぎる家賃のしわ寄せは現場の人たちにのしかかります。

社員の機嫌は悪くなり、職場の雰囲気もピリピリしていきました。

アルバイトたちは重箱の隅をつつくようなことで呼び出されて理不尽に叱られることが続き、次々と辞めていきました。

一番ひどいときは、通常7人で回していたレジに私を含め3人しかいない、という事態に。レジからはますます離れられません。

そんなあるとき、お客様に本の配送を頼まれました。

この職場では、夕勤の場合、忙しすぎてレジから離れられず、しかもアルバイトは契約で定められた就業時間を超えて残業はできないことになっていたので、いつもどおりメモを添えて次の日のスタッフにお願いして私は帰宅しました。

翌日出勤すると、社員のTさんに呼び出されました。

「これ、尋常じゃない感じなんだけど、どういうことか説明してくれる？」

Tさんが見せてくれた紙は、私が昨日配送の本につけたメモでした。

その上から、昨日出勤していた社員Sさんの直筆で、塗りつぶすように真っ赤なマジックで殴り書きがしてありました。

こんなことは一言も聞いていないし許していないし絶対に許さない

字面からあふれんばかりの憤怒がにじみ出ています。

一瞬、血文字で呪詛《じゅそ》の言葉でも書かれたのかとびびりました。

が、よく考えたらそんなに言われるほどのことは何もしていません。

私は昨日あったことだけをTさんに説明し、Tさんは「え、それだけ?」と拍子抜けしていました。

いや、書店員さんってほんとに大変なんです。

そりゃもう、めちゃくちゃ働いてるんです。

でも、ここにいたらやっぱりSさんのようにおかしくなってしまう。

私はここにいてはいけない、と思いました。

こんなふうになってしまう前に、この職場を、こんなになるまで働かなくてはならない社会を、こちらから捨ててしまわなくては。

当時はそこまで言語化してはいなかったにしても、あの小さな事件がたしかに私の中にしこりとなって残りました。

それでも仕事だし、としばらくは続けていたのですが、やがてアルバイトの日になるとじんましんが出るようになり、やはり最終的には辞めてしまいましたが……。

それにしたって、こんなに働いても余裕が全然ないのは誰のせいなのか。そんなに多くのものを求めているわけでもないのに、こんなにつらいのはなぜなのか。

職場は、この漠然とした社会は、私たちを守るどころか、時間を、お金を、余裕を奪っていくだけじゃないか。

そんなもんのために一生懸命働く必要がどこにあるのでしょう。わけわからん。

そうして私は、だんだんと社会からフェードアウトし、隠居に至ったのです。

晴れて20代で隠居になりました

私の新しい部屋、愛すべきサンクチュアリは、駅から徒歩20分以上の陸の孤島です。文明にやんわり見放されており、最寄りにコンビニはありません。住んでみるとこの不便さがまた、かわいいじゃありませんか。

携帯は、シェアハウスでは仕方なく持っていましたが、新しく引っ越した隠居先では固定電話とネット回線を引いたので速やかに解約。

だいたい、通話料が1分で40円（当時）なんて高すぎます。

連絡はPCメールと固定電話、あとはハガキや封書でもOK。

いつでもどこでも呼び出されないということは、やっぱり精神衛生上よろしいものである、と再確認しました。

仕事は基本的に週に2日入れるだけで、現在月収は10万円以下ですが、毎日フツーに楽しく暮らせています。

ふと、駅前で視覚障がい者の方を見かけて、近くのスーパーまで連れて行ってあげたり、ぎっくり腰の友人から電話があって、すぐに食材を買って駆けつけ、3食分ぐらいパパッと作ってあげたり、知り合いの外国人のために部屋探しを何日も手伝ったりすることが自然にできると、そんな余裕がある自分に驚きます。

杉並区で働きまくっていたときは、自分が生きていくのに精一杯で、困っている人なんてどうでもよかったし、完全に無視していましたから。

この生活にたどり着くまでに、上京してから足掛け3年ほどかかりました。

石の上にも3年という言葉がありますが、やっぱり社会のすみっこにも3年くらいひきこもってみないと、わからないことってあるんですね。

シェアハウスで知り合った友人のうち、何人かとは今でも親しく付き合っており、これは私の大切な財産になっていますし。

でもね、でもですね、あの上京したての頃の、ただ働いているだけで過ぎていったような殺伐とした日々は、やっぱり肯定する気にはなれません。

最近、真面目な人ほどポジティブ・ブームというか、過去のいやなことも、「あれがあったから今の私がある」などといって受け入れようとしますが、つらかった思い出を無理やり肯定しなくてもいいんじゃないでしょうか。

そんな苦行をしていたら、具合が悪くなりそうです。

それに、「嫌いな人でも、いいところに目を向けて、認めよう」みたいな考え方って、しんどいと思うなぁ。

私だったら、嫌いな人を好きになる努力をしてる暇があったら、それはとりあえず置いといて、すぐそばにいる好きな人を、もっと好きになりたいけどなぁ。

だからもし、私が上京したときに、東京には郊外というエリアがあって、そこでは都心と比べて家賃がぐっと安いということを知っていたら、間違いなく、まっすぐ多摩地区に向かうでしょう。

やっぱり、つらい思いはせず、毎日楽しく暮らせるなら、そんなにいいことはないと思います。

さて、隠居生活に至るまでをざっと振り返ってみました。

まさか上京して隠居することになるとは夢想だにしなかったことだと、書いていてつくづく思いました。

目的を持たないと、思ってもみなかった方向へ事態が転がり始めます。

それをおもしろがっているうちに、あれよあれよとここまで来てしまった、という感じがします。

ていうか、喜び勇んで上京した結果が隠居って一体……。

まいっか。とりあえず。

隠居あれこれ

いつも同じ店しか行かないので、棚替で商品の場所が変わっていると、

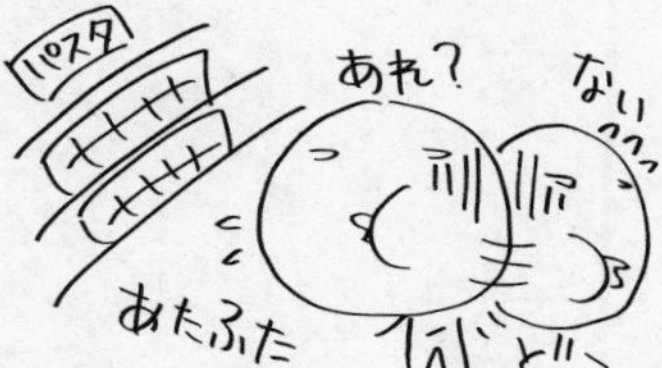

パニくる。

ここでは、最近の隠居生活のこと、現代社会を遠目に眺めていて感じたこと、若輩者がこんなこと言うと口幅ったいんだけれど、もしかして……と思っていること、などを書いてみます。

何でお金がないと生きていけないの？

生活のよしなしごとをいろいろ書いてきましたが、「なんてお金のかからない男なの！　この人、お金必要ないんじゃないかしら？」と思われる方がいるかもしれません。

たしかにあんまりなくても生きていけてはいますが、正直、お金は要ります。はっきり言って凡人なので、お金に執着あります。

そこに100円落ちてたら、目にも止まらぬ速さで絶対拾うもの。

とはいえ、経済活動から片足抜け出ちゃったような今の生活をしていると、思うところもしばしばあるわけです。

そこで、隠居生活をしていて気がついた、私とお金の付き合い方とその周辺について、まずは綴ってみたいと思います。


そもそも、お金って何？

どうしてお金がないと生きていけないのでしょうか？

隠居を始めてから、ひとりで過ごす時間が増えた私は、世の中にマネー本というジャンルの本があると知り、答えを求めて図書館で片っ端から読んでみました。

なんとまあ、世の中にはこんなにお金の本が出回っているのか、と思うほどたくさんの種類があります。

ちょっと図書館のパソコンで検索してみると、

『お金を引き寄せる55の方法』

『セレブだけが知っているお金の増やし方』

『3年で10億円稼ぐ方法』

『お金を働かせて幸せになる』

などといったタイトルの本がやたらと多く目につきます。

帯のコメントを見ても、

「世の中の問題の8割はお金で解決できる!」

「お金を手っ取り早く稼いで自由を手に入れる!」

「借金で破産寸前の著者が、いかにして経済的ストレスのない生活を手に入れたか!」

などなど……。お金、礼賛しまくりです。


でもさ。


この人たちの言う「自由」って、マネー資本主義社会の中だけの自由じゃん。

お金がないと自由になれないなんて、超不自由!

私がずっと知りたかったのは、お金がなくても自由になれる方法でした。

だって、生活が苦しい理由ってそれぞれたくさんあると思うけど、突き詰めると、必ず「お金がないから」っていうのに突き当たりますよね。

「じゃあもっと働けば」って言いたくなるのはわかりますけど、私以外はみんな、もう働きすぎるくらい働いています。

それでもお金が足りないってことが問題なんじゃないでしょうか。

だから、そろそろ、お金以外のアプローチで、いろいろ苦しいのを解決してみるっていうのはどうでしょう。とか思ったりして。

隠居するということは、この、「お金をかけなくても生きてはいけるようにする方法」を模索する旅でもありました。

ホームレスのおじさんに会いに行った

お金をかけなくても生きている人たちといえば、ホームレスの人たちです。

そこで、友人に聞き込みをしたところ、世田谷区のとある駅前に、夜遅くなると必ずホームレスの人たちが集まっているとの情報をゲットし、行ってみることにしました。

手ぶらで行っては失礼かと思い、最寄り駅のスーパーで半額になった惣菜パンですが献上品にと求めました。

さて、件《くだん》の駅前の大通りには、焼き芋屋さんのトラックなどがのれんを掲げて、春の初めのうすら寒い夜をあたためています。

広場の端っこに、いましたよ、50格好のおじさんが。

近寄って「こんばんは」と言ってみると、逃げはしないが決して目を合わせず、背中から警戒心がほとばしっています。

ここでいきなり、お金どうしてんの？　と聞く勇気はないので、こんなときのために買っておいた半額パンの入った袋を見せました。

「おじさんパン食べます？」

「……」

「僕ねー、スーパーでバイトしてるんですけど、廃棄になってもったいないから、食べませんか」

こういうときに、わざわざ買ってきたとか正直に言えないのって、なんでしょうねえ。

おじさんは、ちょっと見せて、と言って袋を受け取りました。

そして中身を確認して、

「うーん、これはいいや」

とのたまいました。

「え、いらないんですか？」

「うん、そこの焼き芋屋のおじさんに売れ残った芋もらって、お腹いっぱいだから。安納芋。種子島の。これがねっとりしてて甘くておいしいんだよ」

「じゃあパン、明日の朝食べればいいじゃないですか」

「パンはね〜、天然酵母のパン屋さんの女の子が廃棄のやつ持ってきてくれるからね〜。しかも国産の有機小麦でね、小麦の味がしっかりするんだよ」

「はぁ、やっぱり国産有機小麦の天然酵母のほうがねぇ、おいしいですもんね……」

「うん、そう」

「ですよね……」

「……」

「……」

無言のうちに数分が過ぎました。いや、ほんの数秒だったかもしれません。

だいたい私は知らない人と話すのが苦手なのに、一体何しに来たんだか、いまいちわからなくなっていました。そのときふと、かばんの中にタバコが入ってることを思い出しました。

私は手持ち無沙汰になると、タバコを吸ってごまかすというクセがあります。

「おじさん、タバコとか吸います?」

「吸う」

「え?」

「吸うよ」

「あ、どうぞ……あ、ライターも」

「ありがとう」

「……」

「……」

一服していると、タバコの煙が夜道に溶けていくように、おじさんの警戒心もほぐれていったような気がしました。でも今思うと、気がしただけだったかもしれません。

でもそのへんでやっと、ホームレスがお金をかけずにどうやって暮らしてるのか知りたかったんだと思い出し、ちょっと聞いてみました。

「おじさん、仕事とか何してるんですか？」

「してないよ」

「じゃあ、着るものとかどうしてるんですか？」

「拾うよ」

「どこで？」

「人の家だよ、衣類ゴミの日に」

「はぁ～、なるほど……」

ていうか、おじさんの上着にね、左胸にノースフェイスってロゴがついてますけど

「あのー、そのジャケットって、けっこう高級なアウトドアブランドですよね？」

……。

「そうなの？ 拾ったんだよ」

「え、じゃあ住むとこは？」

「このへん」

「はぁ……すごいですね」

「何が？」

「いや、えーと、すいません」

「……」

「……」

うーむ、参ったなこりゃ。

私はほんのりいたたまれなくなって、別れの言葉も告げずにそそくさと広場を後にしてしまいました。

あんまり会話もはずまず、暮らし方もいまいちわからず、ただあのホームレスのおじさんは働いていないのに私より高級なブランド服を身につけ、私より高価でいい物を食べていてグルメである、ということだけがわかった春の夜でした。

わたしゃ国産の有機小麦のパンでさえ食べたことないというのに、あまつさえノースフェイスのジャケットなんて、袖を通したこともありませんよ。さぞ機能的で暖かいんだろうな。

それにしても、人ってこんなに働かなくても、もらうだけで生きていけるのか……。たしかにハタチ過ぎたら人生引き算って言いましたけど、こんなに全部引き算して生きていく人生もあるのですね。

しかものんびりしていて、不自由もしてないし、なんなら幸せそうに見えなくもない。

でも、春はまだいいとしても真冬にダンボールハウスとかで暮らすなんて、相当厳しそうです。

これはほんとに人それぞれ、何を幸せとするか基準が違うのであれですが、やっぱり自分だけの小さな城を持つのも、いいものです。

雨風しのげることくらい、欲してもバチはあたらんと思うし。

やろうと思えばホームレスにもなれるかもしれませんが、私はやっぱり、衣食住は最低限揃えたいです。

そしてたまには友達とおしゃれなレストランとかにも行きたいし、都会の享楽も捨てたくないので、そのためのお金を稼ぐのに、すみませんがちょっとだけ働いててもいいでしょうか……。

私にとって、贅沢は遠くの友人みたいなものなので。たまには旧交を温めたい。

あ、ホームレスと隠居の違いはここにあるかもしれません。

ホームレスが完全に世捨て人だとしたら、隠居はそこまで世を捨てられていない、世離れ人とでもいうべき存在。

都会のいろんな誘惑が、隠居以外の全部が、手に届く場所にありながら、それらと意識的に距離を置いて生活している。また、そういう生活をするために少しだけ働くのは厭わない。

完全に捨てるのではなく、必要最低限に社会と関わっている、ここが隠居のポイントです。

生活レベルをぐんぐん落とす

全部は捨てられないんだから、お金がかかるのは仕方がないとしましょう。

でも、私は馬車馬のように働くのは勘弁です。

厳しい時代だって楽しく生きたい！

あきらめたくない！

ということで、「なるべくお金がなくても生きていける方法」にシフトチェンジし、さらに模索していきたいと思います。

ここでは、「隠居って、こんな感じ」で紹介しきれなかったものを中心に書いてみます。

住居

支出の大半を占めるのが家賃です。

しかも毎月払うものなので、ここを抑えられると非常に大きい。

私は多摩地区に引っ越したときにあっさり達成してしまいましたが、これは私の満足する水準が初めからかなり低かったからだ、といえます。

賃貸情報でも人気で家賃の高い物件は、共通点がありますよね。

都心で、駅近で、新築で、セキュリティガードが常駐で、高層タワーから見るパノラマビューは最高で、おしゃれな最新鋭デザイナーズマンションで、いつでも使えるパーティールーム完備で、レセプションには一流ホテルから派遣されてきたコンシェルジュがつねにいて快適なラグジュアリーライフをお手伝い……、みたいな。

安い物件を探すなら、この逆の条件に的を絞ればいいのです。

都心のタワーマンションじゃなくていい。駅から遠くても歩けばいい。最寄りにコンビニやスーパーがなくてもいい。ボロアパートでいい。1階でいい。共同でもいいからキッチンとバス・トイレ、ランドリーがあって、とりあえず身の回りのことが済めばOK。

でも会社が都心で……って、そもそも都心で仕事をしなくてもいい。

半径5キロ以内で現地調達！

はい達成！

……と思っていたらついこの間、できちゃったんですよコンビニが。

私の家から徒歩5分のところに。

なんということでしょう。

不便だからこそこんなに家賃が安いのに、コンビニなんかができて便利になったらアパートの資産価値が上がるかもしれない……。

由々しき問題です。

絶対行かん！

ところでこの間、酷暑の昼下がりに歩いていて、つい涼を求めてこのコンビニに入ってしまい、入るだけでは申し訳ないのでアイスなんかも買っちゃって、これが火照った体にとてもおいしかったです。

コンビニって便利～。

さて、暇だったので先日、今のアパートに住み続けたとして100年分の家賃をものすごくざっくり計算してみました。

1ヶ月に2万8000円ですから、100年で3360万円。

更新料は抜いたにしても、向こう100年間の固定資産税は全部大家さん持ち、と考えると、よくわかりませんが買う必要はなさそうです。

家を買っても、5年で死んだら意味ないですし。

しかも、買ったところで管理費や修繕積立費は毎月発生します。

都内のワンルームマンションの管理費と修繕積立費を調べたら私の現在払っている家賃とそう変わらないものもありました（驚）。

うまくすれば賃貸のほうがずっと安いです……。

借りてるほうが気楽で、自由だしね。

逆に、1時間あたりの家賃も割り出してみました。

すると、私のアパートには、1時間あたり約39円もの家賃が発生していることがわかりました。

刻一刻と39円、払っているのです。

みなさんもどうぞやってみてください。

参考までに、1ヶ月が30日として計算してみましょう。

家賃が7万円の人は、100年で8400万円。1時間あたりに換算すると約97円。

家賃10万円の人は、100年住んだら1億2000万円。1時間ごとに約139円の家賃を払っていることになります。

そして家賃30万円という人は、100年で3億6000万円。1時間の家賃は約417円……。

いかがでしたか?

外に出たら家賃がもったいなくないですか?

ということで、ますますひきこもりライフに拍車がかかっている今日この頃です。

冷暖房

便利だけど、なくても生きていける最たるものです。

あの人工的な風が好きではないし、体がだるくなるのが嫌だし、季節感がないし、何よりお金がかかるので、もともとあまり使いません。

夏は簾《すだれ》をかけて日除けを作ったり、窓を開けて換気扇をつけておくだけでも風が通ります。あとは水でシャワーでも浴びれば涼しく過ごせます。

冬はとりあえず厚着して、体を温めるものを食べたり飲んだりします。

寝るときは湯たんぽを使います。

湯たんぽのコツは、つま先のほうに置くのではなく、股に挟むこと。これが存外、全身温まります。このとき、低温やけどに注意してください。さらに翌朝、湯たんぽのぬるま湯で顔を洗えば完璧。水道代もムダになりません。

腕立て伏せや腹筋などの筋トレも、瞬時に体温が上がるのでおすすめです。

ただ、私の場合は体が温まったらすぐに止めてしまうので、筋肉はあんまりついていませんが……。

もちろん無理はしません。

あれは2013年の夏でしたか、梅雨が早く明けたからか猛暑が長く続き、最低気温が30度という日がありましたよね。

その日はさすがに暑すぎて眠れなかったので、冷房のお世話になりました。

あとは、これも大事なポイントだと思っているのですが、自分のスタイルを人に押しつけないこと。

部屋に友人が訪ねてきたら、あっさり冷暖房を使いますし、外出先でも「消せ」などとわがままは申しません。

携帯（スマホ）

キャリアの乗り換えキャッシュバック・キャンペーンとか、2個同時持ちが流行とかいろいろやってますが、携帯業界ももうそろそろ頭打ちみたいな印象を受けるのは私だけでしょうか。

そこで！　携帯を持たない選択もあるということをお伝えしたいです。

ひきこもっていたときのように、必要ない場合もありますし、なくても生きてはいけることは私が実証済みです。

昔はみんな携帯なくても生きていました。あんまり便利すぎても人生が味気なくなりますし。契約内容が煩雑すぎるのも、非常に疲れます。

携帯を持っていなくて最近嬉しかったことは、誰かと待ち合わせをしたときに、ちゃんと約束通りの時間に行っただけなのに、人にものすごく喜ばれたことです。今どき姿を現わしただけで喜ばれる人間なんて、ハリウッドスターか携帯持ってないかどっちかですよ。

どうやら現代人は、待ち合わせのときや、何かあったときに連絡がつかないというのが不安なようです。昔は待ち人が来なかったら来なかったでてきとうにやったもんですけど。

反対に、悲しかった点としては、携帯を持っていないというだけでアルバイトの面接を落とされるということでしょうか。

私は携帯不所持のかどで古本屋に雇ってもらえなかったことがあります。

携帯差別で訴えたいです。

さて、私はこれを、「モバイル・フリー・ライフ」と名付けて周りの人たちに提唱していますが、今のところ全員にシカトされています。

まあでも、これも主義というほどのものではないので、私も必要になったら持つことがあるかもしれません。

保険

日本には国民皆保険《こくみんかいほけん》がありますし、現在は高額医療保険制度なども充実しているし、私の場合は独り身なので今のところ死亡保険も必要ありません。

などなど、です。

人間の尊厳を失わない程度に生きていければOK、くらいにハードルを下げると、お金がどんどんかからなくなっていき、ぐっと楽になりました。

週2日だけ働けば、生活には困らない

さて、あんまりお金がかからないなら、それに伴ってがむしゃらに働かなくてもよくなります。

ほとんど毎日働いて20万円も稼がなくても、週2日くらい働いて7～8万円もらえれば、とりあえず生きてはいけます。

私はというと、現在、重度の身体障がい者介護の仕事を週に2日だけ入れています。

介護の日は、電車通勤です。

日によって時間帯は違いますが、日勤の場合だと、9時に出勤して、朝イチで洗濯機を回し、着替えをお手伝いして、朝ごはんを作る&介助。その後歯磨きとヒゲソリをして、用事や仕事があれば出かけます。

先日は病院に行ってきました。

この障がい者さんは脳性麻痺で体が動かせないうえにアトピーがあって、寝ていても車椅子に座っていてもどうしても背中やお尻に汗をかいてしまい、皮膚がかぶれてしまいます。

ですから夏などはとくに大変なのです。

生活保護なので病院は選べません。

役所が指定した病院のうち最寄りの皮膚科に、軟膏薬と飲み薬をもらいに行きます。帰りにスーパーに寄って夕食の材料を買って、障がい者さんの自宅に戻る。

このへんでもう終業時間の5時になってしまうので、次の介護者にバトンタッチします。

障がい者の場合、食事でもトイレでも外出するにも健常者の3倍は時間がかかるので、8時間なんてあっという間に飛んでいきます。

コミュニケーションをとるのが難しい場合があり、たとえば介護者だけがちょっと行ってくれれば済む用事なども、大雨でも雪でも台風でも一緒に行きたがる人もいます。だけど無理やり外出して怪我とかされても、そこまで責任は持てません。

なので今日は危ないから家にいてください、とか言うと、怒られることも。

これも、ベテラン介護者が中心となって、数年かけてなぜそうなのかを説明して、最近はだいぶ臨機応変に対応してもらえるようになりましたが……。

　体が動かないのだから、ひとりにされると不安なのはしょうがないんですけどね。こんなのは一事が万事。介護って人によってマニュアルも正解もないから、難しいところです。

　この仕事は肉体的にも大変というのは本当です。車椅子の人は運動量がどうしても少なくなるので、太る傾向にあります。私も自分より10キロ以上重い人を介護しているので、これを週に5日もやったら、冗談じゃなく腰が砕けます。週2日が限界……。

　現場の末端にいる者としては、最近の介護事情に思うところも少しはあります。先日、平成27年度の予算が発表になったと、ラジオのニュースで聞きました。介護事業所に支払われる介護報酬が約3％引き下げになるそうで、ただでさえ介護者たちは労働に見合わない薄給で働いているのに、さらに給料が減らされる可能性がある、という内容でした。

　あのー、介護って実際ほんとに重労働なんですけど、介護に対する社会の評価ってそんなもんなのか……と思うとやるせないです。

私はまだ独り身だから大丈夫としても、家族や子どもがいたり、親の世話が必要な状況だったら、給料が下がれば辞めざるを得ない人もたくさん出てくるでしょう。そしてもっと人手不足になったら、私も辞めることになるかもしれません。

その他に気になるのは、障がい者とかの弱者が、社会的にいないことになってるような気がすることです。見えないところに隔離して済ませてるみたいになってますが、ほんとうはこういうのって、地域コミュニティで取り組めたら一番いいのかな、と思うんですけど。あくまでできる範囲で。

たとえば小学生の登下校の時間になると、高齢者が街角に立って見守りをしていたりしますが、ああいう活動って素晴らしい。見守りだけじゃなくて、介護とか、保育とか、人手の足りないところにどんどん参加してくれたらいいのに……、と思います。

ところがきちんと雇うとなると税金や年金の問題があったり、かといって役所の許可が下りないと勝手に介護や保育はできないとか。

役所は何をするにも杓子定規だし、時間がかかりすぎるから、こういうときこそ地域や自治体で臨機応変に対応するのに任せてほしいです。

たとえば正規に雇ったり、労働の対価としてお金を払うのがダメなら、ボランティアという名目にして、その謝礼として、町の商店街だけで使える地域通貨みたいなものを発行すればいいと思うんですけど。

それなら税金もかからないし、いちいち役所の許可を取らなくてもいいですよね。おまけに地域の経済もうまく回って、一石三鳥です。

人間は体の機能を使わないと生活不活発病といってどんどんボケる原因になりますから、老人のボケ防止も期待されます。もういいことずくめ。

地域がダメなら個人でも、やればできると思います。

私の両親がもし要介護になったら、家族の他にも個人的に近所の人とか友人を巻き込んで協力してもらうように頑張ります。だってひとりじゃ無理だもの。

介護といっても、難しく考えなくていいと思うのです。

ベッドから車椅子への移動や、お風呂やトイレの世話など、基本的には家族や介護者にお任せすればいいですし。

たとえば、もし定年退職してヒマな夫婦とかが近所に住んでいたら、週に一度でも、夫婦でごはんを作りにきて、おしゃべりしながら一緒に食べてくれるだけで、要介護の方の家族にしてみたらどれだけ助かるか。

ただ、介護をするにしても、際限がわからない人もいますから、そこは周りの人がきちんとセーブしていかないといけません。

地域の元気な高齢者で、もしリタイアしてからやることがないという方は、無理のない程度に介護に来てくれたらすごく助かります！

そうしたら、自分が介護される側になったときに、介護する側の気持ちもわかりますし。

私は定年っていう考え方にも無理があると思います。

十把一絡げに65歳で定年といったって、健康状態も能力も希望も人それぞれですよね。

私だったら、今のペースで死ぬまで現役で働かせていただきたいです。

ところで隠居に定年や再就職や天下りはあるのでしょうか。

隠居は基本的に自己申告制ですからねぇ。ないんじゃないですかねぇ。

そんなわけで、私の場合は、毎日働くとしんどいし、かといってまったく働かず社会との関わりがなくなるのも不安なので、週2日ぐらい働くのがちょうどいいみたいです。

自分が快適に過ごすための必要最低限のお金も稼げるし、働いたという満足感が一服の精神安定剤にもなりますから。

というようなことを、たまに考えたりします。

隠居とフリーターは何が違うのか

はい。

隠居とか言ってるけど、結局フリーターと同じじゃないか、という、あなたの心の声を、私は今しっかりとキャッチしましたよ。

たしかに双方とも気まぐれに働いていますし、ワークスタイルは同じに見えるかもしれません。

でも、隠居とフリーターは似て非なるものです。

違いは一体どこにあるのでしょうか。

フリーターにもいろいろいると思いますが、今パッと思いつくフリーターのみなさんは、たとえば……

①今だけフリーター

このご時世、事業整理でリストラの憂き目にあったり、産休を取ったはいいが再就職が難しい、など止むにやまれぬ理由で、一時的にやってるだけ、というフリーターのみなさん（パート含む）。

これに対して、隠居は強いて言えば終身雇用制です。というか、正しくは隠居とは職業ではなく生き方みたいなもんなので、一時的になる・ならないというものではありません。

隠居は、置かれた場所で咲いているだけです。

②夢いっぱいフリーター

会社員になると、自分の時間がとれないから、アルバイトをしつつ夢に向かって国家資格の勉強や、バンドの練習に励んでいる！

とか、

会社員になると、自由に辞められないから、お金が貯まったらすぐに世界放浪の旅に出発できるように、かけもちでアルバイトをしている！

とかいうフリーターのみなさん。

ひと昔前の私が、これに当てはまるでしょう。

これに対して、隠居に夢や目標はありません。強いて言えば、ひきこもりの項でも書いたように、「現状維持」でしょうか。他人がどう思うかはさておき、自分が幸せと思えることが大事なのです。向上心や成長などのやる気ワードが過剰評価される昨今ですが、現状維持だって大事な選択だと隠居は考えます。

③夢やぶれてフリーター

一流企業の就職に失敗して、一流大学への進学に失敗して、夢も希望も生きる意味もなくフリーターをしている、という方。

進学問題で自殺する若者がいるという話も聞きますので、本人にとっては重大問題です。

これに対して、隠居は何か大きなことに失敗するということはありません。なぜなら初めから人生に過度な期待をかけていないからです。人目も気にすることなく、自分の足元を見ながら淡々と身の丈に合った幸せに満足して毎日を過ごしています。

ちょっと思うんですけど、一流企業じゃなくても、アルバイトだって仕事は仕事ですし、一流大学じゃなくても、専門学校だって学校ですよね。

頑張っていない隠居がこんなこと言うのもナンですが、夢とか目標の設定範囲を自分でわざわざ狭くしなくてもいいと思いますけど……。周囲の説得やプレッシャーなどをかいくぐるのも大変かもしれませんが、できるならそういったものからいったん離れて、ひとりで世界一周してみると、物事が俯瞰《ふかん》で見られるようになるかもしれません。

ただし、行くなら自分で働いて稼いだお金で、単独で行くことをおすすめします。

他には、どんなフリーターがいるのでしょうか。

定義に迷ったら広辞苑大先生に聞いてみよう!

ということで引いてみると、フリーターとは以下のように定義されています。

(フリー・アルバイターの略) 定職に就かず、アルバイトなどを続けることで生計を立てる人。

これは定職というのが会社員という意味であれば、私もしっかり当てはまります。

しかし隠居に至るにはもう一段階、精神的なふるいにかける必要があります。

思うに隠居者というのは、意識的に社会との懸け橋を最低限に抑えて生きていくことを心がけている人のこと、ではないでしょうか。

世のしがらみを自ずから断ち切り、自分の世界へとひきこもること。

つまり、過剰に建設された世間との懸け橋を封鎖しつつ、自分との懸け橋を建設するわけです。

破壊ではなく封鎖、というところがミソです。

また必要になったら、いつでも人里に下りられる状態にしておくこと。出家したお坊さんじゃないんですから。

このいい加減さ。

これが隠居の心得です。

ですから、ただ漫然とアルバイトしているだけの人や、ただ定年を過ぎちゃってそのまま生きている人には当てはまらないと思います。

ある程度、自分に対する覚悟を要する、ということは言えるかもしれません。

私は好き勝手に生きている分だけ、会社員の方と比べれば全然お金はありませんが、それは自分で納得していますから、甘受します。

何を良しとするかはそれぞれですから、私は今のような生活でもとてもありがたいと思っています。

さしあたってはこの快適な週休5日生活を、死守していく所存です。

虎の子貯金は必要です

とはいえ、人生、何が起こるかわかったものじゃありません。

突然病気や事故に遭うかもしれないし……、不要な想像力は働かない質《たち》なので、それ以外今パッと思いつかないのですが、とにかく備えはあったほうがいいに決まっています。

「明日のことは思い煩うな」と、昔偉い人が言ったそうですが、これ、自分だけに都合のいいように解釈したら大変なことになっちゃいます。

生活するっていうことは自分ひとりだけのことじゃないし、社会的な営みですので……。自活能力がないと人に頼ったり、迷惑をかけることになってしまいます。

なんとか頑張ったけど結果的にそうなっちゃったならしょうがないとしても、私としてはなるべく避けたいことです。

だいたい今の生活費から割り出して、仕事が完全になくなっても半年くらい暮らせる貯金があれば、とりあえず無駄に心配しなくてもいいんじゃないでしょうか。

これも、支出が少ないほど容易に貯めることができますから、生活するのにお金がかからなければ、そんなにいいことはありません。

ある程度の貯金があってこそ、隠居も屈託なく楽しめるってもんです。

基本的には明日死んでもいいように生きるけど、死ななかったときのためにもしっかり蓄えておきたいところ。

これからも、この理想は捨てないように隠居生活を楽しみたいと思います。


では、将来の不安とどう向き合うか。

向き合いません。

これは、やるべきこともやらないという意味ではなく、必要以上に心配してもしょうがない、ということです。

だって未来予測で必ず当たるのは「いつかみんな死ぬ」ということだけですから。

心配したら終わらないし、キリがない。

だから、少しずつでもいいから貯金して、今の時点でできることだけやったら、あとはなるようになる！　と割り切る。

そういう選択肢もあるのだと、隠居生活のなかで知りました。景気のことなんて心配しても、個人でなんとかできる範囲を超えているのですから、責任を感じて背負わなくても大丈夫です。

隠居はタカらない

私は病院にはほとんど行きません。

普段から病気にかからないように手間やお金をかけて、気をつけるようにしています。

体調を崩しても、風邪や頭痛くらいなら、民間療法を実践して自力で治します。ヨモギの足湯に浸かったり、はちみつしょうがを飲んで、汗を出したり、早めに寝たり。

ラベンダーのエッセンシャルオイルなんかも、殺菌、鎮痛、神経をリラックスさせるなど、万能薬として活躍してくれますし。

自分でできることって結構あるんです。

このとき、最近話題の、とかではなく、昔ながらの民間療法を選ぶとよいと思います。

昔からずっと伝わっているにはそれなりの理由があるものです。先人たちによって長い時間をかけて選ばれ、淘汰されてきたということですから、これはある程度の信頼がおけます。

もちろん、こりゃダメだ、自分じゃ治せない、というときには迷わず病院に行きますけども、ここ数年はおかげさまで医者の世話にはなってません。

それに人間には自然治癒力というのが備わっていますから、ある程度は自分で治すという選択肢もありますよね。

あ、でも先日、市がやっている無料の成人歯科検診は利用させていただきました。

虫歯は自力じゃ治せませんので、こういうのはとてもありがたいです。

次世代型の隠居

そういうわけで、私はてきとうに仕事をしているし、人里離れた山の中で暮らしているわけでもありません。

既存のイメージで隠居とひとくくりにするのは、少し無理があるような気もします。

そこで、「21世紀版都市型隠居」と呼んでみるのはどうでしょうか。

以下、その条件を箇条書きにしてみます。

・郊外の小さな安アパートを借り、
・週に2日だけ働き、
・人に迷惑をかけず、
・友人は厳選した人が少しおり、
・携帯は持たず、

・テレビも持たず、
・社交をせず、
・たまには都会に出ていって贅沢もするが、
・基本的に欲はなく、
・こだわらない。
・ただひとつだけ、現代社会と距離を置くことに、貪欲にこだわる。
・そして自分の生活をこよなく愛し、楽しんでいる。
こんな感じです。ザ・人畜無害！


寝るも起きるも、遊ぶのも働くのも、全部の決定権が自分にある生活です。

これほどおもしろいことはありません。逆に言えば、全部、自分で決めなければならない。やるべきことは何にも、誰からも与えられない。

これって究極の遊びですよね。天野祐吉さんがおっしゃっていたように、まさに隠居は遊ぶことのプロフェッショナル。

私はそういうとき、めちゃめちゃテンションが上がりますが、不安に感じる方もいるかもしれませんね。

ですから、隠居の適性があるとすれば、決まりきった型からはみ出すことが苦にならない人、他人からどう見られてもどうでもいいと思える人。こういう人は、隠居に向いていると言えましょう。

隠居のひとりごと

20年とちょっとでも生きてみて、わかることってけっこうあるもんです。

何かが起こったとき、今すぐ判断しないこと。

個人的なこととして受け取らないこと。

もっと大きな流れの中で物事をとらえること。

そうすると、景気とか失敗とか、目の前の出来事だけ見て一喜一憂することがぐっと減り、ずいぶんラクになりました。

私の場合で言えば、高校を卒業してから、周りに流されていろんな結果を急ぎすぎなくて、ほんとうによかった。

こりゃどうにも白黒つけられないな~ってモタモタしまくっといてよかった。

だって、10年モタモタしてみたら、今すごく楽しく暮らせてますからね。

でも正直言って、あのとき蒔いた種が花開いたのか、果たしてこれで正解だったのか、私にはいまいちわかりません。

隠居の芽ぐらいは出たのかなぁ。

とにかく、今私が私について言えることは、隠居をしているということ、それだけです。

しかし、観阿弥が「人生には雄時と雌時がある」と言っています。

長い人生、追い風のようにやることなすこと成功する時（雄時）もあれば、何をやってもうまくいかない時（雌時）もある。

隠居とか言ってられない時もあるかもしれません。

だって無常の世ですからねぇ、ずっとこのまま、なんてことはないでしょう。

そのときは、やっぱり柔軟に変化して、乗り切っていくしかない、とさっそくあきらめムードいっぱいです。

どのみち人生を遊んでいるだけなので、その先にあるのもまた次の隠居、ということになるのでしょうか。

隠居とは深い森のようです。

今朝は7時に目覚め、まずはじめにしたことは二度寝でした。

結局9時起き……。

昨日、介護の仕事があって夜遅く帰ってきたので、人生にはこういう日もあります。

寝坊は隠居の特権ですが、濫用しないように気をつけたいところです。

最近の朝ごはんは、パスコの全粒粉入りトースト。

パスコの食パンは乳化剤やイーストフードが入っていないし、他のメーカーと比べても添加物が少なめで気に入っています。

ただし、全体的に日本の食パンはどうも厚すぎて好きになれないので、なかでも一番薄い8枚切りで我慢していますが、もう少しお金があったら紀伊国屋に置いている、イギリスでよく売っている食パンみたいに薄いやつを買いたいです。

あれ、トーストするとカリカリになって、かじるときの音も含めてすごくおいしいんですよね。

なぜ最近食パンを朝ごはんにしているかというと、友人からいただいたオーガニックのココナッツオイルを、はちみつとまぜてトーストに塗ったら美味だったからです。

それに、トーストならかじりながら昨夜洗った食器を片付けられる、と発見したので。

飲み物は、りんご100%ジュースにしょうがのすりおろしとシナモンパウダーをかけてレンジでチン。

寒くなるとこれが定番です。

しかもラジオを聴きながら。

朝食、食器の片付け、そしてラジオ。一度にこの3つのことをできていると思うとデキル隠居の気分になって、実に爽快です。

あとがき

執筆にあたって、K&Bパブリッシャーズの皆様には大変お世話になりました。こうしてなんとか書き上げることができたのは、とくに河村季里さんのひとかたならぬご尽力と激励のおかげです。

私がどこの馬の骨かもわからない頃から、何かとおもしろがってくださった白川由紀さんには、ものを書く仕事へのきっかけを作っていただきました。

また、辛酸なめ子先生は、私の隠居生活を記事として取り上げ、拙著の推薦文まで快く引き受けてくださいました。

少しでも関わってくださった方を、本当は一人ひとり名前を挙げてお礼を申し上げたいのですが、ここにはちょっと、書ききれそうにありません。人付き合いの少ない隠居の分際で、そんなにたくさん感謝したい方がいるというのも、考えてみたらずいぶん贅沢なことのように思えます。

最後になりましたが、この本を手に取ってくださったあなたへ。

読んでいるうちに、少しでも気がラクになったり、クスっとでも笑えたり、ムカッ腹を立てたりしていただけたなら、作者としてこんなに嬉しいことはありません。

この場をお借りして、皆様のご多幸をお祈りいたします。

ありがとうございました。

2015年3月吉日

大原扁理

文庫版あとがき

この本は、２０１５年に発売された私のはじめての単行本『20代で隠居――週休５日の快適生活』（K&Bパブリッシャーズ）を改題・増補し、文庫化したものです。タイトルの通り、私が25歳で世をあきらめてから、ぬるっと始めた隠居生活のことを書きました。

その後のこと

単行本が発売されてから現在まで、あっというまに5年が飛んでいったわけですが、今回あらためて読み返し、また加筆・訂正をしながら、こんなことになるとは夢想だにしていなかったなあ、と思いました。

こんなこと、というのは、あれから5年たってもまだフェードアウトしていない、ということです。

ことの発端は2014年に、漫画家・エッセイストの辛酸なめ子さんが、私の隠居生活をネット記事に取り上げてくださったことでした。自分の生活を外から見たことではじめて客体化できて、「この人、変わった生活してるかも」と思ったのです。

そこで、誰にも頼まれていないのに自分の隠居生活のことを文章に書いてみたら、本一冊分くらいになりました。

せっかくだからということでウキウキして出版社にお手紙したり、実際にごあいさつに行ったりしていたら、そのうちのひとつから出版していただけることになったんです（といっても、基準が自分しかないので、隠居生活の何がふつうと違うのかわからなくなったりして、それから半年以上、何度も書き直すことになるわけですが……）。

私はずぼらかつ情弱なので当時SNSも一切やっておらず、媒体に連載も持たず、認知度ゼロ。運がよかっただけの思い出出版、あとは静かな隠居生活に戻っていくのだろうと当然のように思っていました。

だから自分で読み返しても、ずいぶん乱暴な言い回しや、説明がてきとうだな〜と思う部分がいくつもあります。言い逃げならぬ、書き逃げをして、これっきりもう表に出てこないつもりじゃないと、こういうふうには書かないだろうな〜、と。

さらにジャンルも意識してなかったので、出版後に本屋さんをのぞくと、「エッセイ」「若者向け自己啓発」「サブカル」「社会」「日本人論」まで、さまざまな場所に散らばっており、完全に棚迷子案件……。それを見てほくそえむ隠居。

ところが、この本に関していえば、２０１６年には台湾で、２０１９年には中国でも翻訳されました。東アジア各国から取材を受けることもあります。その間に、２冊目『年収90万円で東京ハッピーライフ』（２０１６年、太田出版。２０１９年に『年収90万円でハッピーライフ』の書名で、ちくま文庫化）と、３冊目『なるべく働きたくない人のためのお金の話』（２０１８年、百万年書房）も刊行されています。書き続けるということは、『『20代で隠居』（↑この本の単行本）で世に出てきた人」をやり続けるということで、だったらいま読み直して恥ずかしいところは書き直そうかとも思いましたが、逆にいうと今は絶対にできない書き方なので、これはこれで記念として残しておこう、という気持ちです。

ていうか、「隠居として世に出る」ってどういう状況……？（↑引き裂かれる隠居）

2019年は、本のプロモーションで中国を訪れる機会がありました。成都と北京、ふたつの街の本屋さんで開催したトークイベントは、急に決まったにもかかわらずほぼ満員。

興味深いのは、国は違っても人々の反応は似ている、ということでした。

中国ではとくに、「親の面倒はどうしてるのか。家族がいたら隠居生活はできないのでは」という質問が多かった。年金・税金の話と並んで最もよく聞かれます。台湾もそうですが、中華圏ではどちらかといえば人間の最小単位が「家族」なんですね。移住もビジネスも、日本人ならふつう一人でやるところを、中華圏の人たちは家族ぐるみでやるのが当たり前。

でも、これまでのような「家族の価値観」ではなくて、「個人の価値観」を大切にしながら、よい人生とは何かを見つけていきたいという欲求が、東アジアの若い人たちからひしひしと感じられます。

こうした質問を受けたとき、私は以下のようなことを話しました。

日本は核家族化が進んでから、高齢者の世話を国ができるように制度がつくられてきたので、ある程度は親子が離れていても暮らしていけます。

そして、親の介護が必要になったら、もしくは結婚することがあったら、できる範囲で隠居生活のほうを捨てると思います。大切なのは隠居生活を何がなんでも守り通すことではなく、毎日なるべく楽しく、そして悔いの残らないように生きることですから。

そんなに何かをせなあかんのか

人間である以上、絶え間なく向上心を持ち、成功し、経済に貢献していくことこそが善！　と、そこまではっきり言わなくとも、「それがフツー」みたいな空気が漂っていますよね。

なぜそうなっているかと推察してみるに、人類の半分くらいは、自分が求めていることや、やろうとしていることを周囲に宣言して実際その通りにする、というやり方が性に合っていて、またそういう人たちは押しなべて刺激を求めがちで、飽きっぽく、声がでかい（隠居比）。これからやろうとしていることだけでなく、達成したこともあらゆる手段であらゆる機会を使って発表。当然、世の中にそういう意見のほうが聞こえてきやすい、というだけの話だと思っています。

だからマーケティングの世界でも、聞こえてくる声のほうがすくい上げやすいから、世の中の仕組みやサービスはキラキラした人たちが求めるほうへと最適化されてゆく。その結果、ケータイでも外食産業でも、スポーツクラブでも、メニューやプランはとにかく多様に。新商品はシーズンごとに発売。旅行に行ったら、寝る間も惜しんであんなアクティビティやこんなエンタメを楽しみましょう。ホテルの朝食はゴージャスが基本。カードでもローンでもばんばん使って、欲しいものは必ずＧＥＴ。そのためには、夢や目標は高く設定！　つねにやる気を出して向上&成長していこう、Ｙｅａｈ!!

こういう生活スタイルが「ふつう」を形成していくというのは、まあ、わからんでもない。

逆に、煩雑なメニューやプランが苦手で、買物がめんどくさく、旅行に行ってもあまり動き回りたくないし、朝からバイキングなんて食べられないし、現金一括で買えないものは買いたくない。とくに叶えたい夢もなく、刺激がなくてもまあまあハッピーという、しわしわ派の人（つまり私）も少なからずいるはずなのに、そういう人向けには、この世の中はできていない。

しわしわ派は声が小さいし、省エネなので意見や要望、自己PRをわざわざ他人や社会に向かって発表しません。よって、彼ら・彼女らの声はほぼ聞こえてこないため、ないことになっている。だから世の中のサービスはしわしわ向けには作られない。げに生きにくき、この浮世。おおかた、こんなところではないでしょうか。

私は、どちらがいいとも悪いとも思っていなくて、いちばん大切なのは、一人ひとりがそれぞれに合った方法でハッピーに生きること、それだけです。そのために目標や向上心が必要ならば利用すればいいし、そうでなかったら夢なんかなくたって、成長しなくたっていいじゃん。そう思ってこの本を書いたし、その気持ちは今も変わらない。何もしなくてもじゅうぶん楽しいという人間のプレゼンスが、ぬるい毒のように社会の端から染み渡っていったら、こんなにサイコーなことはありません。

最後まで読んでいただき、ありがとうございました。

そして単行本のほうも読んでくださったという奇特な方がいらっしゃいましたら、これはもう、超ありがとうございます！

文庫には、増補分やおまけのイラストもたくさんつけたので、楽しんでいただけたら幸いです。

2019年に文庫化された『年収90万円でハッピーライフ』にひきつづき、筑摩書房の井口かおりさんの尽力によって、この本は文庫になりました。再び声をかけていただき、一緒に本を作れたこと、嬉しく思います。ありがとうございました。ちくま文庫には、他にも「がんばらないで生きる」系の本がたくさんありますが、井口さんが手がけたものが多いです。興味のある方はぜひ読んでみてください。

解説を担当してくださった辛酸なめ子さん、今回のみならず、いつもありがとうございます。

思えば、なめ子さんが一番早く「隠居生活」を取り上げてくださり、それが隠居生活のことを書いてみるきっかけになりました。

上京する前から好きでずっと読んでいた、大好きな作家さんであるなめ子さんにマンガにしていただいたこと、家宝にしたいと思います。

ブックデザイナーの倉地亜紀子さん、校正者さん、筑摩書房のみなさん、お世話になったたくさんの方々。なかなか直接お会いする機会がないので、この場をお借りしてお礼を申し上げます。ありがとうございました！

解説　人類を救う隠居力

辛酸なめ子

今（2020年5月）、好むと好まざるとに関わらず、疫病蔓延による恐慌で、世界の隠居人口が増加するフェーズに入っています。大原扁理さんの本も世の中の人にさらに求められることでしょう。そんなますます将来有望な扁理さんとはじめてお会いしたのは7年ほど前のこと。美術館のイベントに出た時に若いスリムなイケメンに話しかけられ、扁理さんの友人（この本にも出てくるスジャータ女史）を交えて時々会うようになりました（陰謀やスピリチュアル系の話題が多めですが）。

扁理さんに隠居生活について取材させていただいたこともありました。まだ肉を食べたい盛りの20代なのに（当時）、食生活は玄米菜食が基本で、ヨモギやドングリをタダで拾ってきて食べたりしている、という話に驚かされました。「朝起きて隣の庭を眺めて、梅が咲きはじめていると幸せを感じる」という風流な生活で、理想の生き方は良寛、という話にも感銘を受けました。

この『思い立ったら隠居』にも、ブレないライフスタイルが書かれています。感銘を受けた部分はたくさんありますが、とくに印象的だったり自分も取り入れたいと思った箇所は……。「凸凹した道」を選んで歩いて足裏を刺激する、という方法や、「付き合いは非常に悪い」「遊びの誘いはばんばん断ります」という人との距離感。他人にあまり腹が立たなくなって穏やかに過ごせるそうです。そういえば３人で会う時も何度かドタキャンが……。それでも許されるのは扁理さんの人徳で、会えたら貴重だと思わせる効果も。

そしてこの本にはさり気なく随所に格言がでてきます。「自分を使えば、お金は使わなくてＯＫ」「健康が一番の節約」とか「空や木や水など、自然のものをひたすら眺める」ことで「宇宙的視点」で出来事を眺められるようになる、という考え方も素敵です（さすが過去世はお坊さん）。「人間は考える葦である」というパスカルの言葉がよぎりました。大自然の中、弱い立場の人間は思考する存在という意味ですが、現代、傲慢になった人間は、利己主義に走って成功を追い求め、自然を破壊しながら便利さを追い求め、仕事漬けの日々で考える時間を失ってしまったのかもしれません。

その結果、地球や宇宙に罰せられるような天変地異や疫病に襲われるという……。自然と調和し、謙虚に生きる隠居こそが、人類を滅亡から救う存在なのでは？　と思えてきます。ありがとう隠居。扁理さんの影響力如何で、もしかしたら人類は助かるかもしれません。

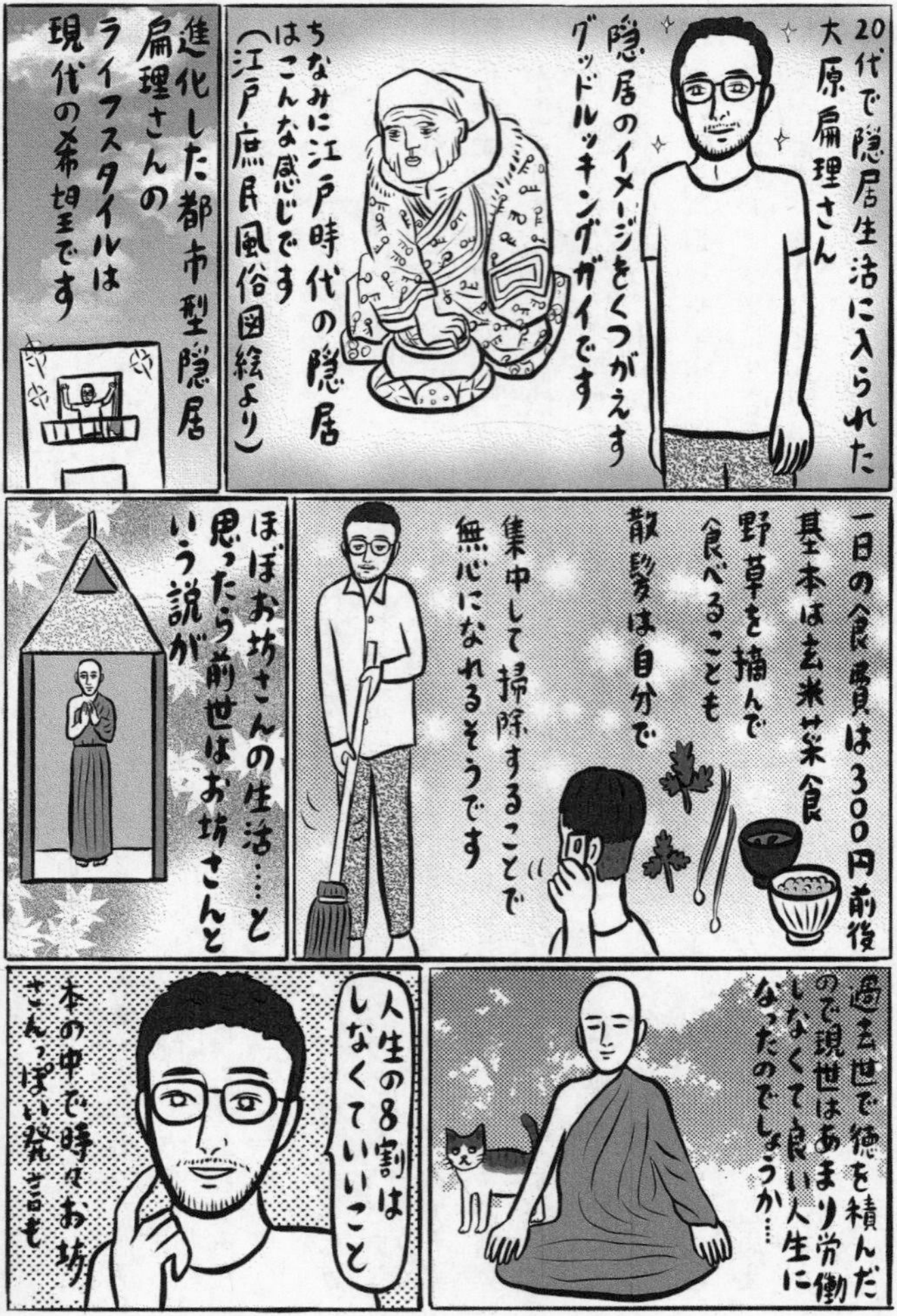
20代で隠居生活に入られた大原扁理さん
隠居のイメージをくつがえすグッドルッキングガイです
ちなみに江戸時代の隠居はこんな感じです
(江戸庶民風俗図絵より)
進化した都市型隠居扁理さんのライフスタイルは現代の希望です
一日の食費は300円前後
基本は玄米菜食
野草を摘んで食べることも
散髪は自分で
集中して掃除することで無心になれるそうです
ほぼお坊さんの生活……と思ったら前世はお坊さんという説が
過去世で徳を積んだので現世はあまり労働しなくて良い人生になったのでしょうか……
人生の8割はしなくていいこと
本の中で時々お坊さんっぽい発言も

あまり働かない反面日常の中で自然と善行に及んでいる扁理さん
なんと人の家のトイレを人知れず掃除することもあるとか!
普通に開運しそうです
重度の障がい者の方を介護する仕事をされたり街中で人助けしたり……
スッ
大丈夫ですか?
そんな余裕がある自分に驚きます
隠居は余力で人助け良い行為は自分に返ってくるので、結果的に必要な物は手に入るのでしょう
ただ扁理さんは善人キャラだけではなく毒舌な一面も(スジャータ女史との対談より)
ブスと権力っていうのは最低の組み合わせです
ヘンリーとスジャータの珍談漫談3
汗かいていいのは美男だけよッ!
お坊さんと違うのは聖と俗を自由に行き来できるところでしょうか
宇宙的視点が……
中2のブスっぽい
自由で楽しくて(税金も安くて)隠居生活、最強かもしれません
小学生のなりたい職業
1位 隠居
2位 ユーチューバー
3位 スポーツ選手
4位 パティシエ
5位 公務員
位 医師
カリスマ隠フルエンサー大原扁理
世界経済が危機的状況の今隠居が人気職業1位になる日も近そうです

本書は二〇一五年四月、K&Bパブリッシャーズより刊行された『20代で隠居――週休5日の快適生活』のタイトルを変え、随所に書き下ろしを増補し、描き下ろしイラストを加えたものです。

年収90万円でハッピーライフ　大原扁理

世界一周をしたり、隠居生活をしたり。「フツー」に進学、就職してなくても毎日は楽しい。ハッピー思考術と、大原流の衣食住で楽になる。（小島慶子）

ナリワイをつくる　伊藤洋志

暮らしの中で需要を見つけ月3万円の仕事を作り、それを何本か持てば生活は成り立つ。DIY・複業・お裾分けを駆使し仲間も増える。（鷲田清一）

フルサトをつくる　伊藤洋志　pha

都会か田舎か、定住か移住かという二者択一を超えて、もう一つの本拠地をつくろう！　場所の見つけ方、人との繋がり方、仕事の作り方。（安藤桃子）

減速して自由に生きる　髙坂勝

自分の時間もなく働く人生よりも自分の店を持ち人と交流したいと開店。具体的なコツと、独立した生き方。一章分加筆。帯文＝村上龍（山田玲司）

次の時代を先に生きる　髙坂勝

都市の企業で経済成長を目指す時代は終わった。地域で作物を育てながら自分の好きな生業で生きよう。競争ではなく共助して生きる。（辻井隆行）

自作の小屋で暮らそう　高村友也

好きなだけ読書したり寝たりできる。誰にも文句を言われず、毎日生活ができる。そんな場所の作り方。推薦文＝髙坂勝（かとうちあき）

スモールハウス　高村友也

家のローンに縛られ、たくさんの物で身動きできない人生なんてごめんだ。消費社会に流されず、小宇宙に住み自由に生きる。（佐々木典士）

カスハガの世界　みうらじゅん

ぶわっはっは！　見れば見るほどおかしい！　でももらっても困るカスのような絵ハガキ。そのめくるめく世界を漫画で紹介。文庫版特別頁あり。

半農半Xという生き方【決定版】　塩見直紀

農業をやりつつ好きなことをする「半農半X」を提唱した画期的な本。就職以外の生き方、転職、移住後の生き方として。帯文＝藻谷浩介（山崎亮）

住み開き　増補版　アサダワタル

自宅の一部を開いて、博物館や劇場、ギャラリーにしたり、子育て世代やシニアの交流の場にしたりして人と繋がる約40軒。7軒を増補。（山崎亮）

ダダダダ菜園記　伊藤礼

畑づくりの苦労、楽しさを、滋味とユーモア溢れる文章で描く。自宅の食堂から見える庭いっぱいの農場で〝伊藤式農法〟確立を目指す。（宮田珠己）

痕跡本の世界　古沢和宏

古本には前の持ち主の書き込みや手紙、袋とじなど様々な痕跡が残されている。そこから想像がかきたてられる。新たな古本の愉しみ方。帯文＝岡崎武志

はじめての暗渠散歩　本田創／髙山英男／吉村生／三土たつお

失われた川の痕跡を探して散歩すれば別の風景が現れる。橋の跡、コンクリ蓋、銭湯や豆腐店等水に関わる店。ロマン溢れる町歩き。帯文＝泉麻人

狂い咲け、フリーダム　栗原康　編

国に縛られない自由を求めて気鋭の研究者が編む。大杉栄、伊藤野枝、中浜哲、朴烈、金子文子、平岡正明、田中美津ほか。帯文＝ブレイディみかこ

セルフビルドの世界　石山修武＝文　中里和人＝写真

自分の手で家を作る熱い思い。トタン製のバー、貝殻製の公園、アウトサイダーアート的な家、0円〜500万円の家、カラー写真満載！（渡邊大志）

ぼくは散歩と雑学がすき　植草甚一

1970年、遠かったアメリカ。その風俗、映画、本、音楽から政治までをフレッシュな感性と膨大な知識、貪欲な好奇心で描き出す代表エッセイ集。

夢を食いつづけた男　植木等

俳優・植木等が描く父の人生。義太夫語りを目指し、のちに住職に。治安維持法違反で投獄されても平和と平等のために闘ってきた人生。（栗原康）

既にそこにあるもの　大竹伸朗

画家、大竹伸朗「作品への得体の知れない衝動」を伝える20年間のエッセイ。文庫では新作を含む木版画、未発表エッセイ多数収録。（森山大道）

多摩川飲み下り　大竹聡

始点は奥多摩、終点は川崎。多摩川に沿って歩き下っては、飲み屋で飲んだり、川原でツマミと缶チューハイ。28回にわたる大冒険。（高野秀行）

地球のレッスン　北山耕平

地球とともに生きるためのハートと魂のレッスン。そして、食べ物について知っておくべきこと。絵＝長崎訓子。推薦＝二階堂和美（広瀬裕子）

本屋、はじめました 増補版　辻山良雄

リブロ池袋本店のマネージャーだった著者が、自分の書店を開業するまでの全て。その後のことを文庫化にあたり書き下ろした。（若松英輔）

一人盆踊り　友川カズキ

何者にもおもねらず、孤独と背中あわせの自由を生きてきたフォークシンガー・友川カズキ。生き様に裏づけられたエッセイを精選採録。（加藤正人）

中島らもエッセイ・コレクション　中島らも　小堀純編

小説家、戯曲家、ミュージシャンなど幅広い活躍で没後なお人気の中島らもの魅力を凝縮！ 酒と文学とエンターテインメント。（いとうせいこう）

ぼくは本屋のおやじさん　早川義夫

22年間の書店としての苦労と、お客さんとの交流。どこにもありそうで、ない書店。30年来のロングセラー！（大槻ケンヂ）

花の命はノー・フューチャー　ブレイディみかこ

移民、パンク、LGBT、貧困層。地べたから見た英国社会をスカッとした笑いとともに描く。200頁分の大幅増補！ 推薦文＝佐藤亜紀（栗原康）

アンビエント・ドライヴァー　細野晴臣

はっぴいえんど、YMO……日本のポップシーンで様々な花を咲かせ続ける著者の進化し続ける自己省察。帯文＝小山田圭吾（テイ・トウワ）

人生をいじくり回してはいけない　水木しげる

水木サンが見たこの世の地獄と天国。人生、自然の流れに身を委ね、のんびり暮らそうというエッセイ。推薦文＝外山滋比古、中川翔子。（大泉実成）

いやげ物　みうらじゅん

水で濡らすと裸が現われる湯呑み。着ると恥ずかしい地名入Tシャツ。かわいいが変な人形。抱腹絶倒土産物、全カラー。（いとうせいこう）

Ai ジョン・レノンが見た日本　ジョン・レノン絵　オノ・ヨーコ序

ジョン・レノンが、絵とローマ字で日本語を学んだスケッチブック。「おだいじに」「毎日生まれかわります」などジョンが捉えた日本語の新鮮さ。

想像のレッスン　鷲田清一

「他者の未知の感受性にふれておろおろする」自分を曝けだしたかった、著者のアート（演劇、映画等）論。見ることの野性を甦らせる。（堀畑裕之）

新宿駅最後の小さなお店ベルク　井野朋也
新宿駅15秒の個人カフェ「ベルク」。チェーン店にはない創意工夫に満ちた経営と美味さ。帯文＝奈良美智（柄谷行人／吉田戦車／押野見喜八郎）

日々の整体　決定版　片山洋次郎
朝・昼・晩、自分でできる整体の決定版。呼吸と簡単なメソッドで、ストレスや疲労から心身を解放する。イラスト満載。（小川美潮）

「食の職」新宿ベルク　迫川尚子
新宿駅構内の安くて小さな店で本格的な味に出会えるのはなぜか？　副店長と職人がその技を伝える。メニュー開発の秘密、苦心と喜び。（久住昌之）

ぼくたちに、もうモノは必要ない。増補版　佐々木典士
23カ国語で翻訳。モノを手放せば、毎日の生活も人との関係も変わる。手放す方法最終リストを大幅増補し、80のルールに！（やまぐちせいこ）

ハッとする！　折り紙入門　布施知子
たかが紙一枚から動物や花が立ち現われた時、ハッと脳が活性化される。どこでも楽しめる。簡単な鶴の変形、動物、箸袋やのし袋まで。帯文＝松尾貴史

絵本ジョン・レノンセンス　ジョン・レノン　片岡義男／加藤直訳
ビートルズの天才詩人による詩とミニストーリーと絵。言葉遊び、ユーモア、風刺に満ちたファンタジー。原文付。序文＝P・マッカートニー。

スロー・ラーナー［新装版］　トマス・ピンチョン　志村正雄訳
著者自身がまとめた初期短篇集。「謎の巨匠」がみずからの作家生活を回顧する序文を付した話題作。驚異に満ちた世界。（高橋源一郎、宮沢章夫）

ブコウスキーの酔いどれ紀行　チャールズ・ブコウスキー　中川五郎訳
泥酔、喧嘩、二日酔い。酔いどれエピソードと嘆き節がぶつかり合う、伝説的カルト作家による笑いと涙の紀行エッセイ。（佐渡島庸平）

間取りの手帖　remix　佐藤和歌子
世の中にこんな奇妙な部屋が存在するとは！　間取りと一言コメント。文庫化に当たり、間取りとコラムを追加し著者自身が再編集。（南伸坊）

驚嘆！　セルフビルド建築　沢田マンションの冒険　加賀谷哲朗
比類なき巨大セルフビルド建築、沢マンの全魅力！　4階に釣堀、5階に水田、屋上に自家製クレーンも！　帯文＝奈良美智（初見学、岡啓輔）

ちくま文庫

思《おも》い立《た》ったら隠居《いんきょ》

週休5日の快適生活

二〇二〇年八月十日　第一刷発行

著　者　大原扁理（おおはら・へんり）

発行者　喜入冬子
発行所　株式会社　筑摩書房
東京都台東区蔵前二—五—三　〒一一一—八七五五
電話番号　〇三—五六八七—二六〇一（代表）
装幀者　安野光雅
印刷所　中央精版印刷株式会社
製本所　中央精版印刷株式会社

ISBN978-4-480-43684-9　C0195